Histórias da Noite

Rafik Schami

Histórias da Noite

Tradução de Petê Rissatti

Erzähler der Nacht
Copyright © 1989 by Beltz & Geldberg in der Verlagsgruppe Beltz - Weinheim Basel
Copyright © 2013 by Novo Século Editora Ltda.
All rights reserved.

COORDENAÇÃO EDITORIAL	Mateus Duque Erthal
TRADUÇÃO	Petê Rissatti
PREPARAÇÃO	Equipe Novo Século
DIAGRAMAÇÃO	Project Nine
CAPA	Monalisa Morato
REVISÃO	Tássia Carvalho

TEXTO DE ACORDO COM AS NORMAS DO NOVO ACORDO ORTOGRÁFICO DA LÍNGUA PORTUGUESA (DECRETO LEGISLATIVO Nº 54, DE 1995)

DADOS INTERNACIONAIS DE CATALOGAÇÃO NA PUBLICAÇÃO (CIP)
(Câmara Brasileira do Livro, SP, Brasil)

Schami, Rafik
　　Histórias da noite / Rafik Schami ; tradução de Petê Rissatti. -- Barueri, SP : Novo Século Editora, 2013.

　　Título original: Erzähler der Nacht

　　1. Damasco (Síria) - Ficção 2. Ficção alemã I. Título.

13-05493　　　　　　　　　　　　　　　　　　　　　　CDD-833

Índice para catálogo sistemático:
1. Ficção : Literatura alemã 833

2013
IMPRESSO NO BRASIL
PRINTED IN BRAZIL
DIREITOS CEDIDOS PARA ESTA EDIÇÃO À
NOVO SÉCULO EDITORA LTDA.
CEA – Centro Empresarial Araguaia II
Alameda Araguaia, 2190 – 11º Andar
Bloco A – Conjunto 1111
CEP 06455-000 – Alphaville Industrial – SP
Tel. (11) 3699-7107
www.novoseculo.com.br
atendimento@novoseculo.com.br

SUMÁRIO

1 Como as histórias caíam no colo do cocheiro Salim e como ele conseguia mantê-las sempre tão vivas....................11

2 Por que o caminho tranquilo dos sete senhores foi, a partir de então, acompanhado por uma agitação peculiar. 23

3 Como o velho cocheiro perdeu voz e seus amigos caíram na boca do povo. 33

4 Por que Salim se alegrou com uma proposta que fez seus amigos brigarem...51

5 Por que alguém ficou com a voz presa e como ele a libertou.....61

6 Como Salim, sem palavras, convenceu um comerciante e não suportou mais os olhos acusadores de um carneiro...........87

7 Como um deles teve fome depois de um sonho e com isso deixou os outros fartos. 109

8 Como um deles não permaneceu fiel à verdade, mas contou uma grande mentira. 139

9 Como alguém que ignorava todas as mentiras do mundo não viu a verdade diante do próprio nariz............................165

10 Como alguém perdeu a visão quando mordeu o próprio olho...185

11 Por que alguém precisou ouvir, depois da morte, o que em vida ignorou. 207

12 Por que o velho cocheiro ficou triste com uma história que havia acabado de nascer. 227

13 A sétima chave para a língua ou por que os velhos galos de briga cantaram numa harmonia desafinada. 235

14 Por que fui ao chão por conta de Salim e uma andorinha pôde voltar a voar. 257

Para Alexanders Flores e Elias Al-Kebbeh,
por mil e um motivos.

1

Como as histórias caíam no colo do cocheiro Salim e como ele conseguia mantê-las sempre tão vivas.

Esta é uma história bem curiosa: o cocheiro Salim emudeceu. Se não tivesse acontecido diante dos meus olhos, eu a teria tomado por exagero. Seu início foi em agosto de 1959, no centro antigo de Damasco. Se eu quisesse inventar uma história tão inacreditável, esse seria o melhor lugar. Em nenhum outro, a não ser em Damasco, ela poderia acontecer. Entre seus moradores, em todas as épocas, houve pessoas incomuns. Quem estranharia isso numa cidade antiga? Dizem que, quando uma cidade permanece habitada por mais de mil anos sem cessar, ela dota seus moradores de estranhezas que se acumularam de épocas passadas. Damasco já deixou para trás alguns milênios. Assim, pode-se imaginar quais pessoas extraordinárias percorrem as vielas tortuosas dessa cidade. Entre elas, o velho cocheiro Salim era das mais peculiares. Apesar de pequeno e esguio, sua voz calorosa e profunda fazia com que pensassem facilmente ser um homem grande e espadaúdo que, ainda vivo, se transformou numa lenda, e isso não significa muito numa cidade onde as lendas e os rolinhos de pistache são apenas duas entre mil e uma especialidades.

    Com tantos golpes de Estado nos anos de 1950, não era tão difícil os habitantes do centro antigo confundirem o nome dos ministros e políticos com o de atores e outras celebridades. Porém, no centro antigo da cidade, havia para todos apenas um cocheiro Salim, aquele que conseguia narrar histórias com as quais os ouvintes não se fartavam de rir e chorar.

Entre as pessoas estranhas, algumas tinham um ditado na ponta da língua para cada acontecimento, mas havia apenas um homem em Damasco que sabia uma história para *tudo*, fosse para alguém que cortasse o dedo, pegasse um resfriado ou tivesse azar no amor. Porém, como o cocheiro Salim tornou-se o contador de histórias mais famoso de nosso bairro? A resposta para essa pergunta não poderia ser outra coisa, senão uma história.

Salim era cocheiro nos anos de 1930 e percorria o trecho entre Damasco e Beirute. Naquela época, os cocheiros levavam dois dias extenuantes para concluir a viagem. Eram dois dias perigosos, pois o caminho seguia pela "fenda" profunda, onde se apinhavam ladrões que ganhavam seu pão apenas roubando os passantes.

Mal era possível diferenciar as carroças umas das outras. Eram todas feitas de ferro, madeira e couro e tinham lugar para quatro pessoas. A briga por passageiros tornava-se impiedosa; muitas vezes o punho mais duro decidia, e os viajantes, ainda pálidos de pavor, precisavam subir no coche do vencedor. Salim também lutava, mas raramente com os punhos. Empregava sua astúcia e sua língua invencível.

Na época da crise econômica, quando o número de passageiros minguou a olhos vistos, o bom Salim precisou pensar em algo para sustentar a família. Tinha mulher, uma filha e um filho para alimentar. Os ataques de bandoleiros aumentavam, pois muitos camponeses e trabalhadores empobrecidos fugiam para as montanhas e ganhavam o sustento como assaltantes. Em voz baixa, Salim prometia aos clientes:

– Comigo os senhores chegarão ao seu destino sem nenhum arranhão e com a mesma bolsa de dinheiro que levam na partida.

Conseguia prometê-lo, pois mantinha boas relações com muitos dos bandoleiros. Ele sempre seguia de Damasco até Beirute e de lá voltava, intacto. Quando chegava à área de um bandido, deixava para trás – sem que os passageiros percebessem – uma garrafa de vinho ou um pouco de tabaco às margens da estrada, e o meliante acenava para ele com alegria. Nunca fora roubado. Porém, depois de um tempo, o segredo de seu sucesso vazou e todos os cocheiros o imitaram. Eles também deixavam presentes às margens da estrada e podiam prosseguir viagem em paz. Salim contava que chegou a ponto de os ladrões se tornarem coletores tão gordos e preguiçosos que não conseguiriam causar medo em ninguém.

Em pouco tempo, a perspectiva de proteção e segurança contra os bandidos passou a não atrair mais nenhum passageiro para seu coche. Salim refletia, desesperado, sobre o que poderia fazer. Um dia, uma velha dama de Beirute lhe trouxe a ideia salvadora. Durante a viagem, ele contou a ela, em detalhes, as aventuras de um ladrão que se apaixonara logo pela filha do sultão. Salim conhecia o bandido pessoalmente. Quando a carroça fez sua parada final em Damasco, a mulher precisou exclamar:

– Que Deus abençoe tua língua, meu jovem. Contigo o tempo passou muito rápido.

Salim chamou a mulher de "fada da sorte", e, a partir de então, prometia aos passageiros contar histórias do início ao fim da viagem, de modo que eles não sentiriam o cansaço do percurso. Essa foi sua salvação, pois nenhum outro cocheiro contava histórias melhor do que ele.

Como a velha raposa, que não sabia escrever nem ler, contava sempre histórias tão novas e vívidas? Muito simples! Enquanto os passageiros ouviam algumas histórias, ele perguntava, como quem não quer nada:

– Alguém entre os senhores também teria uma bela história para contar?

Entre as pessoas, sempre havia alguém, um homem ou uma mulher, que respondia:

– Sei de uma história inacreditável. Mas, juro por Deus, é a mais pura verdade! – ou: – Bem, não sei contar direito, mas um pastor de ovelhas certa vez me contou uma história, e, se os senhores não rirem de mim, contarei com prazer.

E, claro, o cocheiro Salim incentivava todos a contarem suas histórias. Mais tarde, ele as temperava e contava para os próximos passageiros. Assim, mantinha um estoque sempre fresco e inesgotável.

Por horas a fio, o velho cocheiro encantava os ouvintes com histórias. Eram aventuras de reis, fadas e ladrões, e ele também tinha presenciado muitas coisas durante a vida. Fossem histórias alegres, tristes ou eletrizantes, sua voz enfeitiçava a todos. Não traziam apenas tristeza, ira e alegria, mas faziam com que sentíssemos até mesmo o vento, o sol e a chuva. Quando Salim começava a contá-las, adejava nelas como uma andorinha. Voava por sobre montanhas e vales e conhecia todos os caminhos de nossas veredas até Pequim, ida e volta. Quando lhe convinha, pousava no monte Ararat – e em nenhum outro lugar – e fumava seu narguilé.

Se o cocheiro não tivesse vontade de voar, singrava os mares da Terra com suas histórias como um jovem golfinho.

Como era míope, um falcão o acompanhava nas viagens e lhe emprestava seus olhos.

Mesmo tão magro e pequeno, em suas histórias Salim não apenas subjugava gigantes com olhos abrasados e bigodes pavorosos, mas também amedrontava tubarões em fuga e em quase toda viagem lutava com um monstro. Confiávamos em seus voos como o planar gracioso das andorinhas no azul celeste de Damasco. Quantas vezes, quando criança, eu ficava na janela e pairava em pensamentos como um andorinhão-preto sobre nosso quintal. Naquela época, esses voos já não me davam medo. Porém, eu tremia com os outros ouvintes diante das lutas que Salim precisava travar com tubarões e outros monstros marinhos.

No mínimo uma vez ao mês, os vizinhos pediam que o velho cocheiro contasse a história do pescador mexicano. Salim a contava com prazer especial. Logo mergulhava nela tranquilamente e espiava, na forma de um delfim no Golfo do México, como um polvo maldoso atacava um pequenino barco pesqueiro. O barco adernava. O polvo começava a envolver o pescador com seus tentáculos. Se Salim não fosse ao seu socorro às pressas, ele teria enforcado o homem. O pescador chorava de alegria e jurava, por santa Maria, se sua mulher grávida desse à luz um menino, ele se chamaria Salim – neste momento, o velho cocheiro interrompia sua história para saber se estávamos ouvindo com atenção.

– Sim, e o que seria se ela tivesse uma menina? – Sempre vinha assim a pergunta. O velho cocheiro sorria satisfeito, tragava seu narguilé e coçava seu bigode grisalho.

– Então ela se chamaria Salima, claro. – Assim sempre chegava sua resposta.

A luta com o polvo gigante durava muito tempo.

No inverno, nós, as crianças, sentávamo-nos bem juntinhos no quarto dele e tremíamos, cheios de preocupação pelo cocheiro, que lutava contra os tentáculos poderosos com suas inúmeras ventosas, e, quando trovejava lá fora, nos espremíamos ainda mais.

Tamim, um garoto da vizinhança, tinha o costume desavergonhado de me agarrar de repente pelo pescoço com seus dedos gordos. Toda vez eu me assustava e gritava. O cocheiro repreendia rapidamente o estraga-prazeres, perguntava-me onde havia parado em sua história e voltava para a luta contra o polvo.

Quando íamos para casa, tínhamos arrepios a cada farfalhar das folhas de outono, como se o polvo nos espreitasse ali. Tamim, o medroso, que no quarto fingia que a história não lhe causava espanto, era quem mais tinha medo. Precisava passar pelo nosso quintal e ainda cruzar uma viela escura. De fato, morava algumas casas adiante, enquanto eu e outras três crianças podíamos sentir até mesmo dormindo a proximidade tranquilizadora de Salim.

Certa noite, a luta com o polvo foi especialmente encarniçada. Fiquei feliz à beça quando cheguei à minha cama são e salvo. De repente, ouvi a voz de Tamim. Ele gemeu baixo na porta do velho:

– Tio Salim, o senhor ainda está acordado?

– Quem está aí? Tamim, meu rapaz, o que aconteceu?

– Tio, estou com medo, pois tem alguma coisa rosnando na escuridão.

– Espere, meu rapaz, espere! Já vou. Preciso apenas buscar minha adaga iemenita, um instante – Salim o tranquilizava do outro lado da porta fechada.

Tamim ficou lá em pé, envergonhado, pois todos que morávamos perto de Salim rimos bem alto.

– Você vai sempre um passo atrás de mim e, mesmo se um tigre pular sobre nós, não tenha medo. Eu seguro ele e você corre para casa – sussurrou o velho, e levou Tamim em segurança, embora ele fosse meio cego e quase não conseguisse enxergar à noite. Ninguém podia mentir tão bem quanto Salim.

Sim, Salim amava as mentiras, mas nunca se deixava exagerar. Certo dia, um dos vizinhos estava sentado conosco e ouviu com muita alegria a história com o polvo e o pescador mexicano. Porém, no meio da luta, ele quis saber de repente quanto mediam os tentáculos do polvo.

Salim assustou-se com a pergunta.

– Muito longos... com muitas... ventosas – disse ele, um pouco confuso.

– Qual era o tamanho deles? Um metro? Dez metros? – caçoou o vizinho.

– Não sei mesmo. Não fui até lá para medir os braços dele. Precisava me livrar daquela coisa e não fazer um terno sob medida para o polvo – rebateu o velho cocheiro, e nós rimos. Porém, o homem sempre murmurava algo entredentes, enquanto o cocheiro batia tanto no polvo que este cuspiu toda a sua tinta e tentou fugir, e, quando Salim já havia terminado a luta e quis fumar seu merecido narguilé na costa cubana, o homem se pronunciou de novo:

– Então foi você que pintou os mares de azul!

– Não, não, os mares eram azuis bem antes do meu nascimento. Muitos camaradas corajosos lutaram com polvos. O primeiro deles viveu no ano 327 antes de Adão e Eva – respondeu o cocheiro, decidido, e deu mais algumas tragadas em seu narguilé. Em seguida, continuou em seu descanso na costa de Cuba.

Quando um dia perguntei a Salim por que suas palavras encantavam as pessoas, ele respondeu:

– Porque é um presente do deserto. – E, como não entendi o que aquilo queria dizer, ele explicou: – O deserto, meu amigo, é belo para um visitante estrangeiro. Pessoas que vivem apenas alguns dias, semanas ou meses no deserto acham que ele é encantado, mas passar uma vida nele é difícil. Você não consegue tirar nada de belo dele no calor tórrido do dia e no frio tiritante da noite. Por isso, ninguém quer morar no deserto, e ele fica muito sozinho. Grita por socorro, mas as caravanas o cruzam e ficam felizes quando escapam sãs e salvas daquele ermo. Um dia, meu tataravô, que também se chamava Salim, seguiu com seu clã pelo Saara. Quando ouviu o pedido de ajuda do deserto, decidiu ficar por lá para não deixar o deserto sozinho. Muitos se riram dele, pois havia deixado para trás os jardins verdejantes das cidades para buscar sua vida na areia. Mas meu tataravô permaneceu fiel ao deserto. Acreditou a vida toda que uma solidão superada era o paraíso. A partir de então, seus filhos e os filhos dos filhos afastavam a solidão do deserto com risadas, brincadeiras e sonhos. Os cavalos do meu tataravô espreguiçavam os braços e as pernas do deserto com seus cascos e o caminhar suave dos camelos trazia tranquilidade para ele. Por gratidão, o deserto presenteou-o e a todos os seus filhos e os filhos dos seus filhos com a mais bela de todas as cores: a cor secreta das palavras para que eles pudessem contar histórias ao redor de uma fogueira e em suas longas viagens. Assim, meus antepassados transformaram a areia em montanhas e em quedas d'água, em florestas e neve. Ao pé de uma fogueira, eles contavam, quase esfaimados e mortos de sede no meio do deserto, histórias do paraíso, onde o leite e o mel corriam em rios. Sim, eles carregavam seu paraíso nas viagens. Pela palavra encantada, todas as montanhas e os vales, todos os planetas e mundos ficavam mais leves que uma pena.

Em mais de quarenta anos, Salim e sua carroça não foram muito além de Beirute, mas, com as asas de suas palavras, ele viajou como quase ninguém pelos países da Terra. Que justamente ele tenha ficado mudo do dia para a noite deixou os moradores de sua rua perplexos. Nem mesmo seus melhores amigos conseguiam acreditar.

2

Por que o caminho tranquilo dos sete senhores foi, a partir de então, acompanhado por uma agitação peculiar.

Se Salim ouvisse seu pai, teria se tornado um comerciante ou um artesão feliz como todos os seus cinco irmãos, mas ele quis mesmo virar cocheiro. Antigamente, essa profissão tinha uma fama das piores. Cocheiros eram considerados bêbados brigões. Entretanto, por mais estranho que parecesse, Salim tinha orgulho de sua condição de cocheiro.

Se Salim fosse apenas um contador de histórias encantador, teria desfrutado a fama boa, mas inofensiva, de um contador de histórias. Todavia, o velho cocheiro dispunha de uma segunda capacidade: conseguia fazer as andorinhas voarem novamente, e isso estava longe de ser algo comum. Sobre sua relação com as andorinhas, os vizinhos intrigavam-se e brigavam entre si. Muitos atribuíam à sua capacidade o fato de ele ter mãos abençoadas; outros contavam, à socapa, que ele dominava um encantamento, por isso conseguia se entender com as andorinhas. Com essa magia, assim supunham baixinho e não sem medo, apenas ele conseguiria fazer qualquer andorinha voar. A maioria dos adultos, contudo, considerava tudo aquilo uma fraude.

Esses gloriosos andorinhões, que com seu canto e suas asas graciosas enfeitavam o céu de Damasco, aninhavam-se sob nossos telhados. Sempre encontrávamos uma andorinha que, por algum motivo, caía do ninho e se debatia desesperada no chão. Andorinhas recusam qualquer alimento quando não podem voar. Se não existisse o cocheiro Salim, morreriam de fome. Nós, as crianças, levávamos as andorinhas para ele e, realmente, apenas para ele, e o cocheiro Salim largava tudo, tomava o pássaro trêmulo entre as grandes mãos e ia para o terraço. O que ele sussurrava lá para a andorinha e por que ele a beijava eram os seus segredos. Ninguém conseguia imitá-lo. Devolvia ao céu suas melhores acrobatas. A andorinha deslizava dali e, às vezes, agradecia ao velho homem com um rodopio elegante sobre sua cabeça.

As pessoas não sabiam muito sobre Salim. Ele falava pouco de si. Quando o fazia, era tão fabuloso que ninguém sabia exatamente se falava de si ou de um de seus heróis. Falavam de Salim, o cocheiro, e muitos nem mesmo conheciam seu sobrenome, que era Bussard.

A família Bussard fazia parte dos nômades do deserto árabe. Após um levante fracassado contra o sultão otomano no século XVIII, o clã foi desmembrado e emigrou. Até sua morte, o avô do cocheiro foi mantido prisioneiro em Damasco. Depois da morte dele, a família permaneceu na cidade; não podia abandoná-la. O pai de Salim aprendeu o ofício de curtidor de couro e conseguiu uma boa fortuna. O pequeno curtume foi assumido pelo filho mais velho. Dois filhos negociavam artigos de couro. Um filho se tornou alfaiate. Outro virou ourives, mas morreu muito cedo de varíola. Salim, o mais novo, recebeu o nome de seu tataravô. Na infância, era a agitação em pessoa e causava mais preocupação aos pais do que os outros cinco irmãos. Às vezes, desaparecia por semanas e meses, voltava estropiado e ria ironicamente dos castigos paternos. Em vez de aprender um ofício, ficava com os cocheiros, servindo de carregador. De uma hospedaria para outra, seu caminho o levou por toda a Arábia, até a Turquia e a Pérsia. Havia rumores na rua de que por um ano ele auxiliou, como aprendiz, um mestre da magia negra no Marrocos. Quando alguém perguntava isso para Salim, ele soltava uma risada malandra, mas conhecia mais do que qualquer professor de Geografia sobre a morada e a vida dos berberes marroquinos.

Por trinta anos, Salim ganhou o pão de sua família com a carroça. Quando mais tarde seu filho emigrou para os Estados Unidos e sua bela filha mudou-se com o rico marido para o Norte do país, Salim passou a viver com sua mulher num pequeno quarto. Cocheiros não recebem aposentadoria. Ao contrário do amado filho, que enviava apenas cartas, mas nem um único dólar, a filha mandava aos pais uma pequena pensão.

A mulher de Salim, Zaide, era uma pessoa calma. Vivia em silêncio. Apenas quando morreu, os vizinhos de Salim souberam que mulher entusiasmada e corajosa ela fora. O cocheiro contou até mesmo que certa vez ela, vestida de cavaleiro negro, o salvou de sete soldados armados que o haviam feito prisioneiro por deserção. Certo era apenas que o cocheiro não prestou serviço militar — mas ninguém queria acreditar que a pequena Zaide escorraçou sete soldados.

Toda noite, sete amigos visitavam o velho viúvo. Eram homens da mesma idade, ou seja, cerca de setenta anos. O colosso entre eles, que quase ocupava o sofá inteiro, era um ferreiro chamado Ali. O professor de Geografia Mehdi foi o último a se juntar aos senhores e, embora tivesse acontecido oito anos antes, ainda chamavam o derradeiro de "nosso novato". Musa, barbeiro pequeno e corpulento, era o único na roda que sempre se esforçava em esconder os setenta anos com tintura nos cabelos. O mais distinto da roda era o ex-ministro Faris. Pouco tempo após a independência do país, ele ocupou o ministério da economia e, por suas reformas radicais, ficou conhecido nas ruas como "o paxá vermelho". Tuma, o quinto na roda, era chamado de Emigrante, embora tivesse voltado dos Estados Unidos havia mais de dez anos. Junis, o dono da cafeteria, era o único nesse círculo de senhores a quem todos os outros eram gratos. Conheceram-se com o passar dos anos em sua cafeteria; apenas Salim e o ferreiro Ali moravam na mesma viela. Por anos, a cafeteria fora o ponto de encontro deles. Era a única loja de café num raio de muitos quilômetros onde era possível conseguir um moca iemenita genuíno e um narguilé decente.

Desde que o filho de Junis transformara o antigo café oriental num restaurante moderno e deslumbrante, nenhum deles foi mais até lá. O sétimo no círculo era um homem pequeno chamado Isam, que havia ficado preso durante 24 anos por um assassinato terrível. Um ano antes de sua libertação, o verdadeiro assassino foi encontrado por acaso. Apesar dos seus setenta anos, era um furacão em pessoa, pois queria recuperar nos anos restantes de sua vida tudo que lhe fora tirado pela cadeia. De segunda até a tarde de terça-feira, ele puxava um carrinho com legumes pelos bairros distantes da cidade. No mercado de sexta-feira, negociava pássaros canoros. Aos sábados e domingos, vendia grão-de-bico quente na frente dos cinemas.

Salim gostava mais de Ali. O ferreiro falava muito pouco, mas gostava de ouvir. Talvez fosse o complemento para o cocheiro falastrão. Porém, não era o único motivo. Salim cantava loas ao ferreiro por ser o camarada mais valente da rua. Era muito calado, mas ria pelos mínimos motivos. Quando estava com pouco mais de quarenta anos, teve de dar um safanão num general francês, no meio da rua. Naquela época, os franceses dominavam o país. Contavam que ele fez isso porque o general estava bêbado e ridicularizou o profeta Maomé, que havia proibido o álcool. Ali não gosta de falar do caso. No entanto, o cocheiro Salim conta que o general se vingou de Ali de forma terrível. Mandou que o prendessem e levassem para uma caserna em Damasco. Lá, ordenou que enchessem usando funil e mangueira o estômago do ferreiro com três litros de vinho tinto e então o prendessem num poste sob o sol ardente. Quando Ali desmaiou, os soldados arrastaram-no para fora da caserna e jogaram-no numa vala ao lado da estrada. Ali foi encontrado por uma família de camponeses que passava por lá. Claro que não sabiam o que acontecera com ele, pois nunca tinham ouvido falar de intoxicação alcoólica. A velha camponesa fez Ali vomitar com azeite, iogurte e vinagre e assim lhe salvou a vida. Porém, o ferreiro precisou ficar com eles por dias até recuperar as forças. A família dele soube da prisão e o procurou na caserna, mas recebeu apenas a resposta cínica: "Ele não está aqui, talvez esteja com o profeta". Quando Ali recuperou as forças, ficou envergonhado de voltar para casa. Esperou por bastante tempo pelo general na frente de uma boate e o espancou. Apenas por milagre o general sobreviveu aos ferimentos. Ali precisou fugir para as montanhas. Lá, ficou até os franceses deixarem o país, quatro anos depois. Apenas o cocheiro Salim sabia do seu esconderijo e, às escondidas, levava para ele comida, roupas e as últimas notícias, semana após semana.

Os sete amigos vinham noite após noite. Mesmo que chovesse ou o exército se revoltasse, pouco antes das oito da noite eles estavam lá e voltavam para casa apenas depois da meia-noite. Se alguma vez um deles adoecesse e não aparecesse, sua mulher ou um de seus netos ou o filho de um vizinho trazia uma explicação completa. Resfriados e outras bagatelas não contavam.

Eu era a única criança da vizinhança a quem o cocheiro permitia ficar quando os senhores chegavam. Para tanto, eu precisava servir de menino de recados para eles. Nem sempre isso era bom entre homens velhos e esquecidos. O Emigrante esquecia com frequência seus medicamentos e, às vezes, seus óculos, o dono da cafeteria, seu rapapé, e o Ministro, não raro, seu distinto lenço de bolso; não queria nenhum outro. Às vezes, eu precisava correr embaixo de chuva até suas casas consideravelmente distantes uma da outra para cumprir essas missões inconvenientes. Apenas o cocheiro Salim não me mandava para lugar algum. Porém, eu precisava primeiro jurar de pés juntos não revelar palavra alguma que ouvisse no seu quarto. Jurava pela alma da minha avó Nájila, que eu amava mais do que todos os santos juntos, que eu guardaria para mim todas as palavras. No entanto, além de Afifa, a vizinha curiosa, quase ninguém se interessava pelas conversas dos senhores, e, para Afifa, aquela estação de rádio sobre duas pernas, eu não diria nada mesmo sem juramento, mesmo que ela me recompensasse com chocolates.

Às vezes, eu tinha a sensação de que os senhores me mandavam sair para poder falar por um breve momento com

mais liberdade o que lhes viesse à alma. Eu fingia não entender por que um pedia que eu buscasse tabaco pela terceira vez num dia ou o outro precisava de um segundo remédio depois de uma hora. O pior era o Ministro. Ele conseguia, sempre quando queria, espirrar mediante pedidos e encher seu lenço inteiro. Então, eu ficava lá fora embaixo da janela e espreitava os relatos secretos que, em geral, começavam com a frase: "Agora que o jovem se foi...".
Os sete amigos vinham diariamente. Com o passar dos anos, sua visita tornou-se um dos milhares de costumes de nossa rua. Ninguém, realmente ninguém, observava o caminhar deles até o velho cocheiro Salim. Integrou-se ao cotidiano como o grito das crianças e as andorinhas, que enchiam todos os dias o céu sobre a rua. Tudo mudou de repente, quando o cocheiro Salim perdeu a voz. Ele, cujo pequeno quarto se transformava em mar, num deserto ou numa floresta pelo encantamento de suas palavras, ficou mudo de um dia para o outro.
O cocheiro mudo virou o único comentário importante da rua. O trajeto dos senhores era acompanhado com interesse curioso, um forasteiro diria até mesmo com veneração. No entanto, como eu conheço minha rua, duvido que seus moradores alguma vez sentiram veneração por alguém. Ainda assim, com certeza, todos estavam curiosos. Em suma, a rua toda se intrigou pela estranha mudez de Salim. E me encheu de preocupação. A partir daí, eu o visitava diariamente e não deixava que ninguém mais me mandasse sair.

3

Como o velho cocheiro perdeu voz e seus amigos caíram na boca do povo.

Na boca do povo, agosto recebe o adjetivo "flamejante". Damasco fica o dia inteiro sob uma redoma de fogo. A temperatura sobe para mais de quarenta graus à sombra. O que os pobres ventiladores conseguem nessa situação? Agitam desesperados o ar quente ao redor. Nos outros meses, a noite consegue trazer o resfriamento desejado, mas não em agosto. A terra continua morna e as colunas de cores do termômetro ficam como grudadas nos trinta graus, mal deixando as pessoas dormirem. Já uma hora depois do nascer do sol, a temperatura se apressa até as alturas.

Numa noite, em agosto de 1959, Salim acordou de repente. Estava banhado de suor. Quando se ergueu na cama, sentiu que alguém estava ao lado dela.

– Quem está aí? – ele perguntou.

– Finalmente você acordou – respondeu uma voz feminina, aliviada. Estava um breu, mas o cocheiro sentiu a mão pequena da mulher que lhe tocava o rosto. Cheirava a flores de laranjeira. – Eu vim, meu amigo mais querido, para me despedir de você.

– Despedir-se! Quem é você? – perguntou Salim, pois nunca tinha ouvido aquela voz antes.

– Sou sua fada, que fez de suas palavras empoeiradas, enrijecidas, uma árvore fabulosa de palavras. Pensa mesmo que poderia contar histórias tão compridas se eu não permanecesse fiel ao seu lado durante mais de sessenta anos? Quantas vezes não estendi uma ponte quando você perdia o fio da meada! De verdade, você é o melhor contador de histórias de Damasco. Algumas vezes exagerou, teceu suas narrativas de tal forma que você mesmo não sabia mais em que história estava. Principalmente com o pescador mexicano. Embora tenha contado a história trezentas vezes, sempre esquecia, inebriado pela vitória sobre o polvo, que de fato estava a caminho de Cuba para buscar a pérola negra com a qual pretendia salvar a vida de uma princesa. Fumava seu narguilé, e eu tremia até você reencontrar o caminho e contar aos seus ouvintes como a pérola negra chegava e você salvava a princesa, e então voltava com ela para Damasco, onde a história começou. Muitas vezes, eu ficava exausta; depois disso, no entanto, me alegrava por ter provocado um sorriso de alívio no seu coração. Foram anos difíceis de trabalho com você, meu amigo! – A mulher parou por um breve momento. – Agora estou, como você, velha e grisalha e vou descansar. Porém, quando eu começar minha aposentadoria, você emudecerá. Eu sempre o amei, Salim. Sua voz e as mãos sempre fazem cócegas no meu coração, como uma peninha. Por isso, pedi clemência ao rei das fadas e ele foi misericordioso. Ele riu. "Sim, sim", ele falou, "sei que você sempre foi apaixonada por aquele cocheiro estranho; vá até ele e informe nossa condição."

– Que condição? – perguntou o velho cocheiro, com a garganta seca.

– Depois da sua pergunta, terá apenas mais vinte e uma palavras. Em seguida, você ficará mudo. Mas, se receber sete presentes únicos em três meses, então uma fada jovem me renderá e ficará ao seu lado. Libertará sua língua da mudez e você contará histórias até o último dia da sua vida. Poderá entremear suas histórias o tanto que quiser... Ela é muito jovem e poderá acompanhá-lo sem grande esforço. Não desperdice suas palavras, Salim, meu amado. Palavras significam responsabilidade. Não me pergunte mais; você precisa descobrir os presentes, pois o rei das fadas não os revelou nem para mim. Pense exatamente no que vai dizer, você tem apenas vinte e uma palavras.

O cocheiro Salim, que deixou sua marca na antiquíssima cidade de Damasco, não considerou durante a vida nenhum preço definitivo e nenhuma oferta ou mandamento divino.

– Só vinte e uma? – ele sussurrou num tom que poderia amolecer o coração do pior mercador do bazar.

– Restam apenas dezessete! – respondeu a fada com rigidez, abrindo a porta e desaparecendo na escuridão.

Salim pulou da cama e correu atrás dela. Um vizinho havia acabado de sair do quarto e estava indo ao banheiro.

– Meu Deus! Que calor danado! Também não consegue dormir, tio? – ele perguntou ao cocheiro baratinado.

– Não – respondeu Salim, e se amaldiçoou por ter perdido mais uma palavra à toa. A noite toda ele rodou pelo quarto, sempre olhando pela janela até o dia raiar. Preparou um chá, mascou pensativo um pedaço de pão e, quando o relógio da torre da igreja próxima bateu oito vezes, saiu com passos mudos do quarto. Os vizinhos surpreenderam-se com o mau humor do velho cocheiro, que nem mesmo respondeu ao cumprimento "Que seu dia seja feliz e abençoado!".

Na porta da casa, o velho cocheiro parou. Dois varredores de rua passaram por ele. Um deles espargia água com uma grande bolsa de couro que carregava nas costas, provavelmente para levantar pouca poeira ao varrer, porém as gotas d'água rolavam, envolvidas pela poeira, como pequenas bolas de gude para dentro dos muitos canais da rua. O outro varria com uma imensa vassoura de piaçava atrás do que espirrava água. Com pequenos passos, seguia trabalhando através da poeira. Salim aguardou até o redemoinho de poeira atrás dos varredores ter baixado e caminhou com vagar até seu amigo, Ali. O ferreiro morava algumas casas adiante.

Salim bateu à porta da casa e esperou. Depois de um tempo, uma menininha estava olhando o velho cocheiro furtivamente por uma abertura da porta.

– Tio Salim! – gritou ela para dentro da casa, abriu a porta de uma vez e correu para dentro. Fatmeh, a mulher parruda do ferreiro, apressou-se até a porta, desculpou-se pelo comportamento da neta tímida e convidou o amigo a entrar. Porém, para sua surpresa, ele ficou parado, agitando a mão e refreando o convite inoportuno.

– Mas, Salim, o que há com você? Ali ainda está na cama; nosso pequeno Nabil está com febre e toda manhã se enfia na cama com o vovô.

Salim fez um sinal de que ficaria na porta até seu amigo chegar. Foi difícil para ele explicar que não queria falar e levianamente perder palavras. Para a mulher era ainda mais difícil entender o velho amigo sacudindo-se e parecendo estranho. Por fim, os dois ouviram o estalido dos duros chinelos do ferreiro, que já do corredor gritava:

– Sim, o que é? Meu Salim hoje está tímido como uma jovem noiva? – Ele riu quando sua mulher sussurrou ao passar que algo não estava bem com Salim. – Entre e ponha a chaleira de café no fogo. Ele quer ser convidado a entrar apenas por mim. São as boas maneiras! – Ali olhou para o amigo com um sorriso largo e surpreendeu-se ainda mais que a mulher quando ele não aceitou seu convite. Desesperado, Salim tentou explicar sem palavras ao velho ferreiro que hoje à noite ele precisava ir até sua casa.

Depois de um tempo, Ali entendeu os movimentos de mão do amigo. Apesar de todos os esforços, não conseguiu compreender por que Salim tentava enfatizar algo tão corriqueiro e por que não falara palavra alguma.

Explicar para os outros amigos que deviam ir até sua casa de qualquer maneira foi ainda mais difícil. Apenas por volta do meio-dia ele concluiu a complicada missão. Pegou um naco de pão e algumas azeitonas e deitou-se por uma hora para recuperar-se das agruras de bater de porta em porta no bairro antigo da cidade.

Já no início da tarde, chegaram os sete convidados. Estavam muito preocupados com a sanidade do amigo, sentaram-se um ao lado do outro e encararam Salim que, calmo como sempre, primeiro serviu o chá e, em seguida, a mangueira do narguilé recém-preparado ao mais velho do círculo, o Emigrante, como prescrevia o costume.

– Então, o que está acontecendo, irmão Salim? – o ex--Ministro interrompeu o silêncio.

Salim falou bem devagar. Em dezesseis palavras, reproduziu a mensagem da fada. Queria ainda adicionar que ele mesmo não acreditava, mas nenhuma sílaba podia passar-lhe pelos lábios. Mesmo quando o barbeiro o cutucou e fez cócegas e Salim quis gritar e rir, não conseguiu dar nenhum pio. Seu rosto ficou pálido e ele agarrou a própria garganta.

De repente Ali, o ferreiro, gritou:

– Eu sei o que são os sete presentes. Viemos há anos até aqui, bebemos todo o chá dele, fumamos no quarto dele e nenhum de nós, idiotas que somos, pensamos em convidá-lo alguma vez para a nossa casa. São sete convites que vão liberar a língua dele! Mas, eu digo a vocês, se ele provar as berinjelas assadas que minha Fatmeh prepara com perfeição, vai pipilar igual a um canário. Ou seja, amanhã será na minha casa – disse o ferreiro e saiu apressado para casa.

Ali ficou aliviado que Salim, na despedida, sorriu. Porém, Faris, o ex-Ministro, sentiu que a risada do cocheiro foi um estranho esgarçar de dentes. No caminho para casa, segredou a Musa, o barbeiro, sua desconfiança e ficou embasbacado por ele compartilhar sua suspeita.

– O ruim – disse o barbeiro e acendeu um cigarro – não é a peça grosseira do velho cocheiro, mas como os outros caíram nela. Pense, já são adultos e mesmo assim ficaram pálidos. Viu como Tuma fez o sinal da cruz e gritava o tempo todo "Ó, santa Maria, rogai por nós!"? Mas como podemos desmascarar a mentira dele? Eu o cutuquei tão forte que um elefante teria gritado, mas ele nem gemeu.

O Ministro sempre teve respeito pelo astuto barbeiro e não era a primeira vez que suas opiniões convergiam.

– Não, com cutucões não vamos conseguir nada – confirmou ele.

Os dois passearam bastante naquele fim de tarde. Procuraram um café tranquilo onde pudessem conversar fumando um narguilé. Em três cafés que entraram, o rádio estava num volume muito alto. Desde 1958, a Síria se unira ao Egito sob o comando de Nasser. A República Árabe Unida parecia viver em perigo desde o primeiro momento do seu nascimento. No dia, o presidente Nasser fizera um discurso de três horas contra o regime iraquiano que, do dia para a noite, havia se transformado de amigo do peito em arqui-inimigo. As pessoas ficaram sentadas, como se paralisadas, e ouviram as palavras veementes.

– Os presidentes sempre falam comprido e as pessoas ficam cada vez mais caladas – Faris disse, contrariado, e bateu a porta do *Palácio de Vidro* atrás de si.

– Ouve essas palavras? – entusiasmou-se o barbeiro na rua, pois também das lojas e janelas das casas soava a voz do presidente do Estado. – Que são os livros em comparação a isso! O que é a mais bela escrita diante desse soar divino da voz? Apenas as sombras escassas das palavras no papel – falou Musa, o barbeiro.

– Não exagere, meu amigo – respondeu Faris e sacudiu a mão. – A escrita não é a sombra da voz, mas o traço dos seus passos. Hoje podemos apenas ouvir a voz dos antigos egípcios e gregos de forma tão viva, como se eles tivessem acabado de nos falar, pela escrita. Sim, meu caro, somente a escrita pode levar as vozes pelo tempo e deixar vivê-las para sempre, como os deuses.

– Mas Nasser tem uma laringe boa à beça. Quando eu o ouço, fico arrepiado e vou às lágrimas – divagou Musa com despeito.

– Sim, está certo – retrucou Faris –, e esse é o problema.

Os dois seguiram a passos lentos e falaram sobre Nasser, que apenas ao ex-Ministro Faris parecia falar de forma muito suspeita, e sobre Salim, que deixava os dois desconfiados com sua mudez. Eles pensaram em como podiam desmascarar o velho cocheiro.

No dia seguinte, os sete amigos foram até Ali, o ferreiro. De fato, o prato de berinjela estava indescritivelmente delicioso. Salim comeu contente e pensou em sua mulher, Zaide, que cozinhava tão bem quanto. Aqui e ali, o ferreiro pousava uma nova berinjela no prato do amigo.

– Então, está gostoso? – perguntava ele. Salim concordava com a cabeça sorrindo, mas não falou uma palavra sequer.

– Nada contra as artes culinárias de sua mulher – disse Mehdi, o professor –, mas, se Salim experimentar a salada de tabule com áraque gelado, então vocês verão como ele falará mais que a Sheherazade. Minha mulher, como sabem, é libanesa, e só os libaneses preparam tão bem uma salada de tabule.

No dia seguinte, o cocheiro mudo desfrutou a excelente salada com áraque gelado. Salim exagerou, como em tudo que ele fazia, de forma que ficou bêbado e sofreu com gases terríveis pela salada naquela noite.

Por seis noites, os amigos alimentaram o caro Salim. Dia após dia, ele engordava mais e mais, porém sem dizer uma palavra.

Faris, o Ministro, ficou radiante no início da manhã do sétimo dia. Menos por amor ao seu convidado, mas muito mais porque estava confiante. Quando os amigos chegaram, todos se surpreenderam, menos Musa, o barbeiro, que sabia sobre o grande cordeiro assado e ainda mais pelas muitas garrafas de cerveja que estavam numa grande bacia com gelo.

– Uma cerveja gelada da Alemanha é o melhor neste calor infernal – instigou o Ministro. – É muito diferente da nossa água com sabão que as pessoas chamam erroneamente de cerveja.

– Não bebo álcool – interrompeu Ali, sussurrando. Tuma, o Emigrante, aplaudiu como conhecedor do gosto do Ministro, que não poupou gastos para servir aos amigos a cara cerveja importada.

– Mesmo nos Estados Unidos – confirmou ele –, a cerveja alemã é conhecida.

Junis, Mehdi e Isam aquiesceram, apesar de não gostarem de cerveja. Quando em Damasco o convidado é adulado e servido como um rei, a lei sagrada e não escrita dos convivas prevê que o rei fique mudo, aceitando agradecido o que o anfitrião atencioso lhe serve. Salim sorriu e foi às carnes e à cerveja. Embora nunca tivesse provado a bebida amarga antes, logo a apreciou.

Também Ali, com o passar da noite, bebeu por pura curiosidade. Salim conseguiu esvaziar uma garrafa após a outra. Pouco depois da meia-noite, ele roncava em sua cadeira.

Ali, o ferreiro, ria alto.

– Falar ele não pode, mas ronca feito um leão-marinho!

Faris, que a noite toda bebericou lentamente de sua cerveja, piscou para o barbeiro e, como ele esperava, bocejou alto e declarou:

– Vamos para casa. É tarde!

– E Salim? Que fazer com meu amigo Salim? – Ali gritou, nervoso.

– Não tema pelo seu amigo. Está em boas mãos aqui na minha casa – disse o Ministro.

Era muito tarde quando os seis senhores deixaram o grande e bem-cuidado jardim do anfitrião. Salim roncava alto na grande cama de hóspedes. Parecia que estava lutando por sua vida com um carneiro num mar de cerveja profundo e com espuma alta.

Com semblante sombrio, o Ministro entrou pouco depois das dez da manhã na casa de Musa.

– Faça-me um café, senão vou desmaiar – ele disse.

Musa correu para a cozinha até sua filha mais nova, pediu-lhe que fizesse um café forte e voltou mais apressado ainda para o velho e inquieto Faris.

– Fiquei ao lado da cama dele a noite toda. Roncou terrivelmente e eu sussurrei para ele: "Salim, Salim! Posso lhe fazer um café? Salim, está dormindo?". Ele não respondeu. Então quis assustá-lo, conforme combinamos. Acendi a luz e gritei: "Levante-se! Está preso!". Ele saiu apavorado do sono, sorriu e deitou-se novamente, e eu cozinhei de ódio. Por que ele sorriu? Eu estava exausto e lutei para me manter acordado. Até o raiar do sol, aguentei os tormentos, então cochilei na minha poltrona. Com isso, ganhei um pescoço duro, mas não seria tão ruim se ele não tivesse mijado.

– Mijado? – Musa ficou boquiaberto, mas não conseguiu reprimir a risada. – Mas não na cama? – ele acrescentou.

– Não teria sido tão trágico. Eu dormi profundamente, mas de súbito ouvi o fluir do riacho com o qual sonhava. Abri os olhos, e lá estava ele no canto, e mijou no vaso da minha seringueira. Explique isso para minha mulher que cuida dessa árvore há anos!

Pensativos, os dois beberam café e, no fim da tarde, foram a passos lentos até Salim. Entraram quase envergonhados no pequeno quarto. Nem mesmo a alegria do cocheiro eles puderam comemorar. Beberam chá com vagar e esperaram

até todos os membros do seu círculo noturno chegarem. Por último chegou Ali, o ferreiro. Estava pálido e repreendeu o Ministro por conta da tentação com a cerveja alemã, e o outro apenas gemeu baixinho que suas intenções eram as melhores.
– E por que assustou Salim no meio da noite? – Junis quis saber de Faris.
O Ministro ficou boquiaberto com a pergunta.
– Salim fez hoje a mímica para mim da loucura que você fez à noite – explicou o dono da cafeteria.
O Ministro olhou para Salim, contudo este sorriu suave e sacudiu a cabeça.
– Sim, nós combinamos isso – o barbeiro salvou seu conspirador. – Pensamos que a fada havia assustado tanto Salim que sua língua ficou paralisada por isso. Minha mãe
– Deus abençoe sua alma e a dos vossos mortos – sempre dizia que um susto é compensado apenas por outro susto. Queríamos liberar a língua dele da paralisia com um choque forte. Quando criança, tive uma vizinha. De repente, o marido dela morreu. A mulher ficou muito triste e ia todos os dias ao cemitério, ajoelhava-se diante do túmulo do marido e contava o que havia feito, cozinhado ou comprado no dia. Certa tarde, ela foi ao cemitério. Estava exausta pelo trabalho de casa e adormeceu logo à sombra de uma árvore. Quando a mulher acordou, estava um breu. Ela ficou com muito medo. Nervosa, quis correr para fora do cemitério, mas do nada uma mão fria a agarrou. Uma voz monstruosa gritou: "Aonde vai?". A mulher se debateu e correu em pânico para casa. Acreditem ou não: a mulher ficou muda a partir daquela noite. Seus cabelos, como por milagre, ficaram brancos pela

metade, como a neve. Três médicos se desesperaram com ela até minha mãe dizer que alguém precisava lhe dar outro susto grande para ela voltar a falar. A viúva precisava ir ao túmulo do marido, contar para ele com o coração o que acontecera e lhe pedir que ele provasse seu amor, falando para são Tomás curá-la. São Tomás, como vocês sabem, era muito curioso e ninguém tem mais intimidade com a língua do que o curioso. Então, a mulher foi até o cemitério ao cair da noite. Com coração trêmulo, ela pensou naquilo que queria contar ao falecido marido. De repente, uma voz profunda gritou irada do túmulo: "São Tomás? Poupe-me do seu são Tomás. Sabe que eu não conseguia suportar os curiosos em vida. Agora ele me persegue até aqui no céu. Vá embora! Deixe-me em paz para aproveitar minha morte! Desfrute a vida ou venha comigo para o túmulo!". Junto com essas palavras, uma das mãos saiu do túmulo e agarrou a mulher. Ela gritou como louca e correu. Estava curada e, a partir de então, aproveitou a vida.

Quando o barbeiro acabou sua história, o Ministro concordou com a cabeça, cuidadoso, e em seu coração era muito grato a essa faceirice do barbeiro.

– Já sei! – gritou Junis. – São sete vinhos que o velho Salim precisa beber para que sua língua não tenha mais nós. Sei por experiência de longos anos que o vinho destrava a língua. Quantos no meu café, que antes ficavam lá, sentados e mudos como uma pedra no deserto, falaram baboseiras até morrer.

Como se o céu e não o mortal Junis tivesse feito a sugestão, o barbeiro e Faris sorriram.

– É isso! – gritaram os dois, sem querer, em uníssono.

Noite após noite, os senhores vagavam de bar em bar. Convencidos da necessidade de tratar o nó na língua de Salim com vinho, bebiam até o amanhecer.

Aos poucos, a vizinhança começou a fofocar sobre a peregrinação dos senhores. Acontecia não sem a ajuda generosa da mulher do ferreiro, Fatmeh. Ela exagerava sem limites. Os bares inofensivos da cidade antiga transformaram-se em lugares misteriosos com luzes vermelhas e turvas na cidade nova, nas quais jovem mulheres dançavam quase nuas. De certo, Fatmeh não se esquecia de fazer as vizinhas jurarem que não revelariam o segredo a ninguém. Mas assim são os vizinhos de Damasco: têm língua de peneira que não consegue segurar nenhum segredo, mesmo quando querem. Porém, os boatos são seres independentes, transformam-se e ficam cada vez mais coloridos, de forma que sua origem aos poucos desaparece.

No fim desse tratamento infrutífero, Salim ficou exausto. As antigas dores de cabeça que ele quase havia esquecido, desde que começara a beber pouco, voltaram a atacar.

O barbeiro sugeriu, então, fazer com que Salim aspirasse sete tipos de perfume, cheirando sete vezes cada frasco. Sabia exatamente que nariz e língua eram interligados.

No primeiro frasco, Salim sorveu o aroma refrescante com visível satisfação. Também, era seu perfume favorito – flores de laranjeira. No segundo frasco, ele respirou a fragrância dos cravos com metade da força. O terceiro, com água de rosas, provou por obrigação e, no quarto frasco de perfume com destilado de flores de jasmim, não queria cheirar mais nada após a quinta inspiração. Entretanto, os amigos o obrigaram a aguentar até o sétimo frasco. O velho cocheiro, no fim do tratamento, ficou novamente com dores de cabeça, mas ainda não conseguia falar.

Sete calças e camisas liberaram a língua do velho cocheiro tão pouco quanto a passagem impressionante por dezoito servidores públicos. Salim tentara por anos receber aposentadoria ou pensão; seu pedido sempre fora negado. Naquele momento, sem palavras, ele passou em dezoito servidores públicos que sorriam para ele e carimbavam o papel com rapidez excepcional. Salim pensou, já no segundo servidor, que ele seria enviado para o departamento errado, mas o terceiro funcionário desejou para ele em alto e bom som uma feliz aposentadoria.

Os funcionários públicos em Damasco nunca carimbam tão rápido, nem sorrindo. O carimbo é uma parte da alma de cada servidor, e, se ele precisa batê-lo numa folha de papel, é como se sua alma doesse, mesmo quando sua dor é atenuada com uma nota de dinheiro. Em Damasco, um sorriso e ainda o desejo de felicidades para a aposentadoria que o Estado paga podem ser comparados a um milagre.

No entanto, não é fácil encontrar na cidade um milagre em que todos os moradores acreditem. É uma peculiaridade dessa cidade antiquíssima. A cidade já vivenciou milhares de milagres, profetas verdadeiros e falsos, alquimistas e magos, mas os damascenos acreditam apenas em um: o milagre que os contatos certos dentro de um órgão público operam.

O Ministro ajeitou cuidadosamente as coisas para que Salim conseguisse a autorização de seu pedido na previdência social sem atritos, nem palavras. E Salim não acreditou em seus olhos quando a amável mulher no balcão do Banco

Estatal lhe entregou 175 liras. Chorou de emoção, mas sem dizer nada.

Os sete amigos comemoraram na casa do velho cocheiro a aposentadoria adquirida, de forma bastante humilde. Além do chá diário, havia pistache salgado. O Ministro deleitou-se com os elogios dos outros senhores. Apenas Tuma, o Emigrante, olhava pensativo para o círculo.

– Que há com você? – perguntou o barbeiro.

– Nada, amanhã, amanhã revelo para vocês a minha ideia – sussurrou Tuma rapidamente. Sua voz parecia cansada, como se seus pensamentos fossem um fardo.

4

Por que Salim se alegrou com uma proposta que fez seus amigos brigarem.

Pouco depois das onze, os sete senhores foram para casa. No grande pátio interno, os vizinhos e seus convidados, em vários pequenos grupos, desfrutavam o frescor da noite de setembro. Ao lado da romãzeira, alguns homens jogavam cartas, outros se amontoavam no lado oposto do pátio em torno de um tabuleiro de gamão. Um terceiro grupo estava reunido em torno de Afifa, na porta de sua casa.

Salim levou os copos vazios e a jarra de chá para a cozinha, lavou-os e seguiu rápido para o seu quarto.

– Tio Salim, sente aqui conosco! – Afifa gritou para ele, algo compassiva.

– Não, ele precisa vir aqui e mostrar a esses novatos como se joga gamão – gritou um dos jogadores, homem corpulento com voz pipilada de criança.

– Você tem é sorte – retrucou o adversário. – Chama isso de jogar? Se eu tivesse um dos seus bons lances, você já teria corrido faz tempo para chorar no colo de sua mulher.

Salim parou por um momento, acenou com a cabeça para os jogadores de gamão, sorriu e foi para o quarto. Apagou a luz e sentou-se no sofá. Não sentia cansaço algum.

O velho cocheiro ainda não havia conseguido entender como Faris, o Ministro, conseguiu desenroscar uma questão já dada como perdida. Tomou sua bolsa de dinheiro, tirou as notas, sentiu o cheiro delas e as devolveu para a bolsa. Pela primeira vez em vinte anos, ele voltou a tomar com gosto o verdadeiro chá do Ceilão. Pensou em todas as privações e na sua falecida mulher, como ela teria se alegrado em vê-lo entrar no quarto de cabeça erguida. "Minha gazela, aqui, o chá do Ceilão legítimo e..." Sim, tudo que ele gostaria de comprar para ela! Seda azul para um vestido que ela desejara a vida toda. Claro, não teria esquecido também a hena para suas mãos. Por anos ele peregrinara pelas repartições públicas e voltava com as mãos vazias. Sua mulher, contudo, o encorajava sempre a pedir novamente uma carta de recomendação ao bispo ou ao genro do motorista do ministro do trabalho. Ela prometia, quando ele conseguisse a aposentadoria, pintar as mãos com hena, gritar de alegria como uma jovem noiva e dar três voltas no pátio, dançando. Salim riu com amargura.

Ao longe, alguém ligou o rádio bem alto. Salim sabia que esse vizinho podia ser apenas o açougueiro Mahmud, um solteiro, que noite após noite ouvia as músicas da cantora egípcia Um Kulthum. A Rádio Cairo a transmitia toda quinta-feira até altas horas da noite. O açougueiro era apaixonado pela voz dela. Chorava com frequência e dançava com um travesseiro nos braços em seu quartinho. Ele não era o único a venerar a voz da egípcia. Milhões de árabes a amavam tanto que nenhum presidente, se levasse a si mesmo a sério, ousaria fazer um discurso nas noites de quinta-feira, pois nenhum árabe ouviria suas palavras.

Como uma onda, a voz da cantora rolava do quarto através do pequeno pátio das casas vizinhas até o palomar, sobre os caminhos cheios de flores e trepadeiras e chocava-se contra o muro. Em cascatas, corria pelo quintal do cocheiro, enroscava-se na enxurrada de outras vozes e invadia seus ouvidos.

O velho cocheiro sempre fora um ótimo ouvinte, mas não era dado ao silêncio. Apenas na mudez de sua alma descobriu que as vozes tinham gosto. Seu ouvido transformou-se numa língua mágica. Como uma borboleta, Salim adejou de voz em voz. O cantar de Um Kulthum comparava-se em beleza ao campo de flores de uma estufa onde nenhum cardo se confundia entre os cravos.

Salim demorou-se pouco no jardim cuidado da cantora, pois as flores invisíveis das outras vozes o atraíram. Enlevado, voltou-se para um sussurro dolorido que, no entanto, tinha um gosto temperado. Salim sorriu, pois Afifa exagerava novamente; transformava a pequena cólica numa doença quase incurável. Então, falava muito baixo para que seus ouvintes acreditassem ser um segredo de Estado.

De repente, ouviu a voz preocupada de mulher velha. "Deus nos proteja se for verdade que no norte do país há uma epidemia de cólera." Salim ficou surpreso. Cólera? Era só o que faltava! Tinha ouvido a notícia naquele dia pela primeira vez num programa da BBC, mas a rádio nacional desmentira. Não havia cólera, e quem disse foi um agente estrangeiro.

– Quem falou isso para você? – Afifa interessou-se pelo mais importante no caso de cólera.

– Sei lá, apenas ouvi que os hospitais em Aleppo estão cheios – respondeu a velha, e Salim reconheceu sua preocupação, apesar da mentira. Tinha certeza de que ela conhecia exatamente a fonte, no entanto, alguns colegas estrangeiros jogavam gamão com o vizinho Tanius, e com o vizinho

Elias havia dois estranhos que tinham vindo jogar cartas. Motivo suficiente para ser cuidadoso em cada afirmação. Dizia-se que o novo serviço secreto era a maior melhoria que a União com o Egito sob o presidente Nasser trouxera. Não se chamava apenas serviço secreto, mas "o Serviço de Segurança Nacional". Suas redes eram tão bem amarradas, tão estreitas, que pais e mães não ficavam mais à vontade diante dos próprios filhos, e os vizinhos desconfiavam uns dos outros.

Salim tentou adivinhar, por meio do gosto de uma voz, a expressão facial do falante. Aqui e ali ele se levantava e olhava na direção do pátio para verificar se ele estava certo, mas seus olhos míopes falhavam diante da força de seus ouvidos sensíveis. Via apenas formas indistintas.

Quando percebeu a voz nervosa de um jogador de cartas que ameaçava jogar as cartas para cima e ir para casa, a voz nos ouvidos do velho cocheiro tinha um gosto de algo podre. Os outros jogadores tentaram acalmar o homem e garantiram que ninguém havia espiado suas cartas. Inclusive Afifa e seus visitantes declararam aos sussurros sua preocupação, pois o homem era conhecido por sua irascibilidade. Quanto mais os outros jogadores o acalmavam, mais irado ele ficava. Um dos acusados levou a ameaça a sério, jogou as cartas de lado e disse com voz baixa, mas que tinha sabor de fogo:

– Então vá embora! Você é um perdedor miserável. A gente quer se divertir aqui. Entendeu?

Cada palavra penetrava, por mais baixa que fosse, como uma flecha de fogo nos ouvidos. O jogador ameaçador grunhiu uma vez e pediu desculpas. Salim riu, satisfeito.

Salim ficou acordado a noite toda. Mesmo quando todos os convidados dos vizinhos foram para casa, ele permaneceu sentado em seu quarto.

O trinar alto sob a romãzeira e um sussurro suave do quarto de Afifa foram as últimas coisas que ele ouviu ao amanhecer antes de se virar para o lado e adormecer.

Por volta do início da tarde, Tuma, o Emigrante, chegou como primeiro. Caminhou para lá e para cá no quarto do velho cocheiro, perguntou por que os outros demoravam tanto, sentou-se por um momento, levantou-se inquieto e andou para lá e para cá novamente. Apenas por volta das oito todos estavam reunidos de novo.

– O velho Salim – começou o Emigrante – não viaja há uma eternidade. É a saudade da sua alma das regiões estrangeiras que o deixou mudo. – Ele se calou, deu uma tragada forte no narguilé e passou a mangueira adiante. – Bem, ele é cocheiro de nascença! – continuou ele. – Mas o que é um cocheiro que, no fim da sua viagem, para com o intuito de descansar e lá encontra o mais belo oásis? Hein? Não é mais cocheiro. É por isso que nosso amigo está doente.

Com essas palavras, Salim concordou com a cabeça, pensativo.

– Ele precisa percorrer sete montanhas, sete vales e planícies. Precisa pernoitar em sete cidades diferentes sob sete céus estrangeiros e, vocês verão, ele reencontrará suas palavras.

A ideia entusiasmou tanto o ex-Ministro que ele se ofereceu para pagar todos os custos. E Mehdi e Tuma ofereceram seus serviços como acompanhantes na viagem.

Os amigos procuraram por dias em Damasco até conseguirem encontrar uma velha carroça. Estavam cheios de esperança quando Salim, com olhos brilhantes e em vestes limpas, subiu na carroça e fez o chicote estalar no ar com maestria. Apenas os maus cocheiros batem em seus cavalos, os bons só mostram aos animais do que se poupam quando obedecem. Os cavalos trotaram e alguns vizinhos choraram com acenos.

Salim seguiu com os acompanhantes por sete cidades e sobre sete montanhas. Cruzaram sete planícies e vales. A viagem durou quarenta dias. Quando voltaram, pareciam exaustos e exasperados, mas ele ainda não conseguia falar. Tuma precisou ouvir que foi desperdiçado tempo precioso com sua sugestão.

Curandeiros e Um Chalil, uma parteira experiente, administraram no pobre cocheiro os sucos, unguentos e misturas de ervas mais nojentos, e Salim ficava a cada dia mais pálido, mas não conseguia falar. A água benta católica serviu tão pouco quanto a da concorrente greco-ortodoxa, e a areia sagrada de Meca, como a poeira de Belém, não conseguiu soltar a língua do cocheiro.

— Restam apenas oito dias — disse o ex-Ministro, cheio de preocupação, e com isso apavorou o círculo de amigos no fim da noite. Estavam sentados, mudos, como se suas fadas também tivessem lhes prendido a língua. Bateu meia-noite, no entanto os amigos não sentiam sono naquela hora.

— Já sei! — gritou o Professor e bateu forte no joelho. — Sim, eu sei. Está na nossa frente — ele falou alto, como se quisesse encher-se de coragem após todos os fracassos. — São sete histórias que o velho Salim precisa ouvir para que ele reencontre sua voz.

Musa, o barbeiro, ficou empolgado de pronto; o ferreiro Ali, de parcas palavras, nem um pouco. Tuma e Isam não consideraram a sugestão muito boa, enquanto Junis logo se deixou entusiasmar pela ideia.

– O que professores e barbeiros fazem além de falar? Vivem disso – indignou-se Isam.

– Não sei contar história nenhuma e também não acredito que essa bobagem vá curar Salim – apoiou Ali.

Por muito tempo os amigos discutiram, e apenas pouco antes do amanhecer o Ministro pôde, cheio de preocupação pela voz do velho cocheiro, abrandar a situação. Com palavras boas, acalmou o Emigrante e Isam, e, como Ali também não encontrou outro jeito, concordou perplexo:

– Tudo bem! Se o pobre Salim quiser, não terei nada contra.

– E Salim queria.

– Quem vai começar? – perguntou o barbeiro no círculo já apaziguado e desatou uma nova briga. Ninguém queria ser o primeiro contador de histórias.

– Muito bem! – gritou Isam. – Na cadeia, sempre deixávamos as cartas falarem quando havia uma tarefa ingrata.

– Ele olhou para Salim. – Você tem cartas aí? – Salim concordou com a cabeça, levantou-se e pegou seu maço antigo e amarrotado.

– Prestem atenção! – disse Isam, em voz baixa. – Aqui estão seis cartas. Coloco um ás entre elas e embaralho. Quem tirar o ás será o narrador da primeira noite. Concordam?

Todos concordaram com a cabeça, mudos, e apenas o barbeiro pediu para que fossem bem embaralhadas.

Isam pousou as cartas na pequena mesa. O Emigrante, por ser o mais velho, pôde começar. Puxou um valete, o dono da cafeteria, um dois e o barbeiro, um rei. O Professor tirou sua carta e virou-a com energia. Era um ás de ouros. Aliviados suspiraram o ex-presidiário, o Ministro e o ferreiro. Porém, Salim curvou-se tanto pela gargalhada silenciosa que o barbeiro novamente se perguntou se o cocheiro estava realmente mudo ou enganava a todos.

5

Por que alguém ficou com a voz presa e como ele a libertou.

Mehdi era um homem magro e grande. Ensinou Geografia por 35 anos. Não sabia quantos alunos fez conhecer países da Terra, seus rios e montanhas, mas tinha orgulho de poder contar dois diretores de banco, um general e diversos médicos entre seus ex-alunos. No bairro antigo, desfrutava um certo prestígio e, no passado, regozijava-se por isso com certa arrogância, de forma que muitos respeitosamente evitavam falar com ele, já que era difícil entabular uma conversa mais longa em pé de igualdade. Mesmo que, no início, fosse sobre o clima, a última alta de preços ou o cólera, em algum momento o assunto aterrissava na Geografia e na ignorância do interlocutor. "Se não sabe quanto mede o Himalaia, como quer saber o quanto estamos baixos aqui", ele teria dito certa vez, de forma ambígua, a um vizinho e, desde aquele dia, nas fofocas de sua rua o chamavam de Mister Himalaia. Apenas no círculo de Salim, Mehdi deixava a Geografia de lado.

Naquela tarde de novembro, as nuvens escuras tinham voltado a pairar sobre Damasco. Já chovera por meia hora. As ruas e as pessoas cheiravam a terra fresca. O ar estava gélido. Mehdi arrumou seu cachecol quando saiu da porta de sua casa. Cumprimentou o sapateiro armênio que estava sentado atrás da sua imensa máquina de costura. Este olhou sobre a armação de seus óculos pendurados no nariz e ergueu dois dedos para dizer a Mehdi que seus sapatos novos, os quais ele pedira sob medida para o mestre, estariam prontos em dois dias.

– Tudo certo – sussurrou Mehdi e tomou seu caminho. – Quando o sapateiro sorriu de fato pela última vez? – perguntou-se ele, sem saber a resposta.

Um comboio militar atravessou a praça diante da Porta de São Tomás e virou para leste. As crianças gritaram pelo espirar das muitas poças espalhadas pela rua. "Vamos lá! Para a guerra!", elas saudavam jocosamente os soldados nos caminhões, que encaravam o vazio com rosto preocupado, como se a saudação não os interessasse.

Na primavera, irrompeu um levante na Mosul iraquiana, o qual terminou em derramamento de sangue. O governo iraquiano culpou Nasser por ter pagado aos insurgentes e os incitado.

Algo não se encaixava mais entre os dois países. Kassem, o presidente iraquiano, festejado na Rádio Damasco ainda um ano antes como herói da revolução de seu país, caiu em desgraça de repente e sem explicação. A rádio começou a descrevê-lo, a partir de então, como o assassino sanguinário de Bagdá. Quase todos os dias a rádio relatava escassez, rebeliões e cólera; no entanto, não se falou palavra sobre as agitações ou os atos de guerra a leste da Síria, próximos à fronteira iraquiana. Circulavam boatos de que um grupo de jovens oficiais sírios se amotinara contra o governo. Haviam conquistado postos importantes no leste com ajuda das tropas iraquianas. A Rádio Damasco garantia que a situação no leste estava tranquila, mas Mehdi não acreditava na satisfação dada pelos radialistas. Todos os governos da

Síria louvaram a paz e a ordem dominante pouco antes de eles caírem. Uma sensação amarga crescia em Mehdi. Que tempos eram aqueles? O governo declarava um ditador no país vizinho como irmão e herói, então o amaldiçoava como inimigo e traidor covarde sem perguntar a opinião das pessoas nos países, cujos filhos, caso estourasse uma guerra, se digladiariam.

Mehdi lançou um olhar para as armas. Estavam brancas e carregadas como os jovens semblantes dos soldados. Saiu naquele dia um pouco mais cedo do que o de costume de sua casa, nas proximidades do hospital francês. Uma saudade da casa de sua infância na rua Bakri não o deixava em paz. Não andaria muito mais. Quando Mehdi viu a casa onde há quarenta anos não entrava, ficou surpreso pela estreiteza da porta que, para ele, parecia um portal imenso quando criança. Seu coração saltava. A porta da casa estava, como muitas portas de Damasco, apenas encostada. Ele a empurrou. Do quintal, o cheiro de água fervendo e de óleo o atingiu.

Uma menininha com pés descalços correu até ele. Mehdi sorriu para ela.

– Como você se chama, pequena?

– Ibtisam – respondeu a menina. Mehdi ouviu o estalar de tamancos. Uma mulher corpulenta saiu do quarto que no passado era dos seus pais. Quando Mehdi a viu, sorriu, envergonhado.

– Três vezes ela me escapou hoje. Por Deus, um gênio iria preferir peregrinar, orar e jejuar à tarefa de dar banho em crianças. Seis crianças e cada uma é como um azougue! Sempre que tento pegá-las, agarro o nada! – A mulher parou e jogou a filha no ombro. – Entre! Posso lhe oferecer algo? – ela convidou Mehdi a entrar.

– Não, obrigado, queria somente dar uma olhada. Sabe, nasci nesta casa. Moramos muito tempo atrás aqui. Meus avós também moraram aqui. Mohammed Riad Alkarim, cujo nome está cinzelado na placa de mármore em cima da porta, é meu avô – disse Mehdi, um pouco encabulado.

– Não me diga! E na época vocês conseguiam levar água para o segundo andar? – E, sem esperar pela resposta dele, a mulher continuou: – Há anos a água é tão pouca que corre apenas aqui embaixo. Os vizinhos do segundo andar precisam sempre buscar água com a gente, e todo sábado, no dia do banho, tem gritaria.

– Não, na época tinha água o suficiente. Quantas famílias moram aqui, agora?

– Lá em cima, três, aqui embaixo, duas e um estudante, mas ele não precisa de muita água. Banho ele toma no fim de semana, em casa. Vem de Daraia. Uma pessoa muito amável. A pequena Ibtisam prefere dormir na cama com ele. Ele ama muito nossas crianças. Mas, eu digo, elas têm de deixá-lo em paz. Fica enfiado naqueles livros grossos noite após noite! – A mulher confirmava suas explicações com gestos.

Mehdi olhou para a câmara acima da escada.

– E quem mora ali?

– Na câmara? Mas, pelo Senhor, Deus proteja seus olhos! É possível algum ser humano viver ali? Guardamos ali três aquecedores a óleo no verão e, no inverno, duas bicicletas. E olhe lá!

Mehdi ficou visivelmente chocado quando lançou um olhar para a câmara mínima. Ele se despediu em voz baixa e deu meia-volta. E, embora sua mulher tivesse pedido para ele comprar peixes para o dia seguinte no Batbuta, próximo da rua Bakri, ele esqueceu. O grito do peixeiro Batbuta soava tão alto que era possível ouvi-lo na Turquia, mas Mehdi passou apressado pela peixaria. Nem mesmo o cheiro inoportuno dos peixe pôde arrancá-lo dos seus pensamentos.

Todos os seis amigos já estavam reunidos com Salim quando Mehdi abriu a porta do quarto do cocheiro. Ninguém precisava bater. Isam estava ajoelhado no canto, diante da fornalha, e soprava. Gostava do cheiro da lenha queimada. Mehdi fechou a porta atrás de si quando Isam gritou: "Finalmente!". Uma pequena chama crepitou no monte de lenha.

– Não tenho mais fôlego. Antes, acendia um fogo com meu sopro que deixava a carne do carneiro crocante. – Isam gemeu e tossiu.

– Boa noite! – cumprimentou Mehdi e esfregou as mãos; ficou feliz com o perfume do chá.

O primeiro a perceber que Mehdi vestia seu terno marrom, uma camisa branca e um cachecol amarronzado de seda foi o Ministro.

– Está vindo de um casamento? – ele brincou, levantou-se como os outros e estendeu a mão para cumprimentar o amigo.

– Muito bem, eu começo – disse Mehdi depois de um curto período, e, então, deu um bom gole no chá, como se quisesse preparar as cordas vocais para a grande tarefa. – Agora, abram seus ouvidos e corações. Deus dê a vocês saúde e uma vida longa se me ouvirem bem – começou o Professor.

– Um momento, por favor – pediu Tuma, o Emigrante. Ele pegou seus óculos do estojo de couro e sentou-se. Os outros

riram, pois Tuma sempre queria ouvir as histórias de óculos. –
Pois bem, agora eu posso ouvir direitinho – completou Tuma
e sorriu, satisfeito.

– Não entendo – disse Mehdi. – O velho Sócrates costumava dizer quando um dos seus alunos ficava lá sentado, calado: "Fale para que eu o veja", e você quer ouvir com os olhos?

– Sim, senhor! – resmungou Tuma.

– Pois bem, mas, antes que eu comece a minha história, gostaria de revelar a vocês, meus queridos amigos, por que eu conto as histórias com gosto. Conto com prazer porque uma delas que ouvi quando criança me encantou. Falarei logo no início como cheguei a esta história peculiar.

"Eu era pequeno quando meu pai, abençoado seja nos braços de Deus, trouxe um novo camarada para casa. Meu pai era marceneiro e seu novo camarada vinha de um vilarejo distante. Era pobre e não tinha onde ficar em Damasco. Assim, liberamos uma pequena câmara ao lado da escada, e Shafak, assim chamava o camarada, viveu a partir de então nesse cubículo. Quando criança, eu achava aquele canto escuro muito grande, mas na verdade é mínimo, não cabem nem três aquecedores a óleo nele. Agora, de qualquer forma, lembro-me bem de Shafak. Seu rosto era coberto de cicatrizes. Não sei mais quantos anos tinha. Quando voltava para casa à noite, ele se lavava, comia, bebia chá e sentava-se numa pequena cadeira diante da câmara, fumando e olhando para o céu lá fora. Por horas ficava sentado, imóvel, com o olhar voltado para o céu estrelado. Quando os dias ficavam nublados, raramente no inverno, eu percebia a inquietação dele. Recolhia-se para sua câmara, mas permanecia acordado por muito tempo. Meu quarto ficava bem na frente, do outro lado do pátio interno. Da minha cama, eu conseguia ver a câmara. Eu o observava toda noite. A câmara não tinha luz elétrica: ele sempre deixava queimando, por muito tempo, uma lamparina a óleo. Às vezes, subia e descia. Quando eu acordava no meio da noite para ir ao banheiro, ele ainda estava acordado, embora precisasse levantar todo dia muito cedo. Meu pai, ao contrário, nunca conseguiu manter os olhos abertos após as dez da noite.

"Pois bem, meu pai gostava muito dele, pois logo no primeiro dia ele recebeu uma grande encomenda. 'Devo isso ao Shafak. Ele tem um rosto abençoado', dizia ele até mesmo anos depois, quando voltávamos a falar de Shafak.

"Shafak era muito tímido e só falava baixo. Quando minha mãe ou minha irmã falavam com ele, olhava para o chão, acanhado. As crianças em nosso quintal faziam troça sobre a timidez dele e não tinham medo do meu pai, então jogavam pedras nele. Mas meu pai o amava, como se Shafak fosse seu filho.

"Pois bem, em resumo, eu estava convencido mesmo de que Shafak era um feiticeiro. Já desde criança eu era curioso, porém nunca entrei em sua câmara. Tinha um pouco de medo dele. Minha tia implorou à socapa para minha mãe manter-nos, as crianças, longe dele. 'Viu os olhos dele? Não têm cor. E os dentes? Viu os dentes dele, como cresceram em duas filas? Em cima, duas fileiras e embaixo...', murmurava a Tia, cheia de pavor.

"'Sim, sim', minha mãe ria, 'também vi os dedões dele. São ligados por uma pele escura, como se ele fosse um pato.'

"A tia ficava nervosa, e eu tinha realmente medo dele.

"Um dia, no verão, ele estava sentado novamente em sua cadeirinha e observava o céu. Fui até ele e perguntei o que procurava.

"'Duas estrelas que se amam. Uma brilha como um diamante e a outra é vermelho-fogo. Elas seguem uma a outra. Às vezes, a estrela-diamante está na frente; às vezes, a vermelho-fogo. Quando elas se encontram, mil e uma pérolas despencam do céu. Todas as conchas do mar ficam de boca aberta e recebem assim suas pérolas. Quando uma pessoa vivencia esse momento e estende a mão, recebe uma pérola. Mas não pode guardá-la. Precisa dançar três vezes em círculos com a mão aberta e jogar a pérola para o céu, então terá uma vida inteira de felicidade.'

"'Mas por que as estrelas batem uma na outra?', eu perguntei.

"'É uma longa história', respondeu o camarada. 'Mas como eu posso contar para você? Vou perder o momento! Se você me prometer que, enquanto eu conto a história desse amor maravilhoso, vai olhar para o céu e, assim que vir as duas estrelas chocando-se, gritará para que eu estenda a mão, então eu conto sobre as estrelas.'

"Prometi ao camarada observar as estrelas, e ele contou esta história:

"Aconteceu nos dias antigos, há muito esquecidos. Havia um camponês com uma voz encantadora. Quando cantava, as pessoas choravam e riam, e, quando contava histórias, as gentes escutavam em silêncio e esqueciam suas preocupações. Mas não apenas sua voz era famosa, pois, quando cantava e contava histórias, suas mãos pintavam os ventos, as caravanas e as rosas de tal forma que as pessoas podiam ver, cheirar e sentir o gosto de todas as suas palavras.

"O camponês era muito pobre, mas com sua voz encantava as mais belas mulheres do vilarejo. Sahar, assim chamava-se a mulher, apaixonou-se por ele à primeira vista e jogou ao vento todos os pedidos de casamento dos ricos fazendeiros. Um comerciante rico, mas já bem de idade, ofereceu aos pais como dote o peso da filha em ouro, contudo ela recusou. 'Prefiro comer pão seco e azeitonas e ouvir a voz de quem amo a me encher de gazela cozida ao lado do rico comerciante e estragar meus dias com seus gritos e minhas noites com seu ronco.' Os bondosos pais abençoaram a união e logo celebraram o casamento da filha com seu amado. Não é qualquer um que pode gozar de tal sorte.

"O camponês esforçou-se uma enormidade para fazer algo contra sua pobreza, mas era um pobre-diabo nato. O que ele tocava, desandava. Quando seus dedos pegavam em ouro, o metal precioso se transformava em feno. Deus proteja vocês de tal sina! Porém, as pessoas invejavam sua voz.

"'Ah, se eu tivesse tua voz, daria a ti todos os meus campos', disse a ele certa vez o mais velho do vilarejo.

"Outro fazendeiro animou-se: 'Se Deus me desse, em vez da minha voz de taquara rachada, apenas um grãozinho da tua garganta encantada, eu juro, daria a ti meu gado'.

"Pois bem, tempo passou e, ano após ano, este camponês empobrecia cada vez mais e, quando num verão seu trigo cresceu com bagos vazios, ele praguejou contra os céus. A necessidade corroía todos os seus bens. Suas dívidas ficaram tão grandes que ele precisou vender seu armário e sua cama. 'O armário sempre fica vazio e podemos também dormir no chão!', ele consolava a esposa.

"Mas ele não conseguiu viver do dinheiro nem duas semanas inteiras. A sorte do camponês espalhou-se por toda a região e, por mais bonito que ele pudesse cantar e contar histórias, ninguém queria convidá-lo para um casamento como antigamente. As pessoas tinham medo de que sua mão ruim pudesse trazer má sorte aos recém-casados.

"Sua mulher, Sahar, era provocada quando ia até o poço do vilarejo buscar água. 'Consegues te esquentar no inverno com a voz dele? Quando tens fome, cozinhas a voz dele ou fritas?', gritavam algumas mulheres. Sahar chorava lágrimas amargas, mas, quando voltava para casa, ria e encorajava o marido. No entanto, ele sentia a tristeza dela, e isso cortava seu coração bem fundo.

"Um dia, o homem tentou, mesmo que estivesse um frio de rachar, vender seu casaco para poder comprar para si e para a mulher um pouco de painço. Mas ninguém quis comprar o casaco velho. O camponês ficou envergonhado de voltar para casa com as mãos vazias. Correu para o bosque mais próximo e gritou suas dores a plenos pulmões. 'Já mostrei a paciência dos camelos!', ele gritou. 'Pedi ajuda para todos os bons anjos, mas eles taparam os ouvidos com crueldade. Dizei-me, ó gênios da maldade, o que quereis de mim?'

"'Tua voz!', ecoou na floresta. Um arrepio gélido percorreu seu corpo e o camponês tremeu até as entranhas. Virou-se e viu um homem em trajes escuros, brilhantes, que disse: 'Compro de ti tua voz por ouro sem fim!'.

"'Dou-te se deixares a mim e a minha mulher bem-alimentados por uma semana. Minha voz, minha voz, há anos ninguém mais quer ouvi-la', gemeu o camponês.

"'Entendeste-me mal. Compro tua fala e não apenas tua bela voz. Nem tuas mãos, nem teus olhos falarão mais. Por ela, receberás esta lira de ouro que nunca conseguirás gastar. Sempre que tua mão a deixar, nascerá uma segunda. Não conseguirás gastá-la durante toda a tua vida', disse o senhor, e seus olhos reluziam como duas pedras incandescentes.

"'Da minha parte, eu aceito!', gritou o camponês. O senhor caminhou até ele e, antes que o pobre olhasse ao redor, o gênio lançou sua capa em volta dele de tal forma que o camponês entrou num redemoinho escuro. A capa pesava muito e cada vez mais sobre os ombros, até ele cair de joelhos sobre sua carga. Buscando apoio, agitou os braços, mas suas mãos escorregavam ao lado do homem como se ele fosse uma fria coluna de mármore. Cheirava à podridão. O camponês teve de tossir; sua garganta doía tanto, como se tivesse engolido uma faca. Em seguida foi ao chão, desmaiado.

"Quando voltou a si, estava deitado no chão frio do bosque. Na sua mão, brilhava uma lira de ouro. Ele correu para casa. Sua mulher, cheia de preocupação, mirou seu rosto pálido. 'Que houve contigo, meu amado?'

"O camponês sentou-se exausto no colchão e estendeu para ela a mão com a lira de ouro. O rosto dela se iluminou de felicidade, tomou a moeda de ouro e correu de lá. Mas não havia ainda deixado o quarto quando o camponês sentiu novamente o frio do metal precioso em seu punho fechado. Abriu cuidadosamente e viu a segunda lira de ouro.

"Alegre, a mulher correu para o açougueiro, o verdureiro e o padeiro, mas, por mais que ela pedisse, tudo custava apenas poucas moedas de prata. Com a cabeça erguida, pediu ao carpinteiro que fizesse a cama mais cara de carvalho de lei.

Comprou também um casaco novo e quente para o marido e um vestido colorido que seu coração há muito desejava. Os entregadores traziam cestos cheios para a casa. Ficavam agradecidos por algumas piastras. Tudo isso a mulher adquiriu com uma lira de ouro. No passado, com cinco liras de ouro era possível comprar uma casa.

"Como rastilho aceso, a notícia da lira de ouro percorreu o vilarejo. Muitos acreditavam que o camponês enfeitiçara uma fada com sua voz e ela havia lhe entregado um tesouro escondido. Outros achavam que o camponês havia roubado um viajante. No entanto, ninguém imaginava, nem mesmo o próprio camponês, como ele pagara caro pela sua riqueza.

"Pois bem, Sahar, ao voltar, percebeu não apenas que o marido não conseguia lhe falar, mas também não podia fazer sequer uma indicação. Não exibiu nem mesmo uma ínfima felicidade por todas as delícias que sua mulher trouxe. Comeu quieto e olhou para ela com olhos vazios.

"Na manhã seguinte, o homem esticou novamente sua mão com a lira de ouro. Mais ele não conseguia fazer. A mulher sentou-se diante dele e olhou para a mão com olhos arregalados. Assim que ela tirou da mão dele a lira de ouro e deixou-a sobre a mesa, uma segunda surgiu. Centenas de liras de ouro ela arrancou da mão do marido. Porém, ele não podia mais sorrir, pois o sorriso também é uma linguagem, e divina! Nem da flauta, da qual o homem podia tirar as mais encantadoras melodias, saía som algum.

"O homem pegou uma folha de papel e quis fazer para a mulher um desenho que contasse todo o acontecido, mas a mão não obedecia ao seu desejo. Linhas sem sentido e trêmulas riscaram o papel, mas a esperta Sahar viu através delas a carantonha do diabo.

"'Não te preocupes, meu coração', consolou-o a boa mulher. 'Serei tua língua. E vou te curar, mesmo que precise passar todos os médicos da Terra por uma peneira para encontrar o melhor.'

"Com o dinheiro, a mulher mandou construir um palácio de sonho. Um exército de criados, bobos da corte e músicos deviam fazer a felicidade do amado marido. Em seu estábulo, ela mantinha apenas os cavalos mais preciosos do deserto árabe. E, se sobre seu jardim voassem anjos em vez de andorinhas, achariam que era o Jardim do Éden."

– Mas eu prefiro as andorinhas – interrompeu Isam e riu de sua própria ideia. – Imaginem, dois metros acima de vocês os meninos voando, com esses rasantes, ninguém poderia mais desfrutar um bom narguilé! – Ele soltou uma pequena nuvem de fumaça. – Conhecem a piada do homem religioso que levou um cocô de pássaro na cabeça e agradeceu a Deus por não ter dado asa às vacas?

– Fique quieto! – O barbeiro bufou para Isam e virou-se para Mehdi: – Continue, por favor.

– Pois bem, a mulher construiu, com seu amor e o dinheiro inesgotável, um paraíso para o marido, mas ele andava para lá e para cá, sem vontade, com rosto pálido, como se estivesse num outro mundo.

"Os emissários da mulher vasculharam a Terra procurando curandeiros e mulheres sábias que pudessem curar seu marido. Sahar prometeu compensá-los em ouro se devolvessem a voz ao seu amado. Curandeiros vieram aos montes, também charlatões, que enchiam a barriga e partiam. O homem, contudo, permanecia mudo. Seus cofres estavam até o teto cheios de ouro, mas no coração ele se sentia mais pobre que um cachorro sarnento. Nada, mas absolutamente nada ele podia dizer, nem com os olhos, tampouco com as mãos.

"Um dia, Sahar acordou e procurou o marido – em vão. Ele desaparecera. Um criado relatou que tinha visto o amo sobre o alazão preto cavalgando para fora do castelo.

"Sahar mandou que procurassem por ele em toda a redondeza, mas os escravos voltaram depois de sete dias, ao pôr do sol, e sacudiram a cabeça. Sahar não desistiu e, quando um observador lhe trazia a notícia de que tinha visto um cavaleiro num alazão preto às margens do Eufrates ou do Nilo, ela enviava seus mensageiros com o pedido de busca aos governadores dos locais, e estes ordenavam que procurassem na região mencionada atrás de cada pedra, pois Sahar prometia presentear qualquer intendente, ancião do vilarejo, governador ou príncipe reinante, aquele que tivesse a felicidade de encontrar seu marido, com um palácio de mármore. Tudo em vão.

"Enquanto isso, o camponês revirou a Terra em busca do mestre que havia comprado sua fala. Corria com o vento atrás dos seus vestígios, mas não conseguia encontrá-lo, pois, de onde de repente as pessoas haviam emudecido, o mestre há muito já partira e deixava apenas um cadáver respirando, que não podia expressar tristeza, nem alegria, tampouco dor ou felicidade.

"Ele estava a ponto de desistir da busca quando certa vez, no terceiro ano, parou exausto numa grande feira para descansar e escutou um cantor com voz maravilhosa. Quando o cantor quis parar, um jovem comerciante lhe pediu que repetisse a última canção de amor e lançou-lhe uma moeda de ouro. O cantor recusou-se a recebê-la e cantou a canção ainda com mais paixão. O camponês sentou-se próximo ao palco. Pouco antes do fim da canção, o comerciante foi até o cantor, sussurrou algo para ele e retirou-se para as sombras do palco. Quando passou pelo camponês, o ar se encheu duma nuvem de cheiro de rosas, mas o camponês sentiu ainda o fedor podre por baixo do manto perfumado. O sangue quase congelou nas veias do camponês: era o odor que lhe enchera os pulmões até ele perder os sentidos. Um cheiro que ele não esqueceria nunca na vida. Esgueirou-se na ponta dos pés para trás do palco e observou o comerciante com a grande capa.

"Pois bem, não levou quinze minutos até o cantor descer do palco. O comerciante falou um pouco com o artista e lançou seu manto sobre ele. O camponês fitou o corpo trêmulo do cantor, que caiu rapidamente e sem vida ao chão. Mas, agora, o camponês viu o milagre. Quando o mestre puxou sua capa de volta, o homem viu que ao lado dele havia uma cópia do cantor, e os dois saíram, como se fossem amigos, conversando.

"O camponês reconheceu o mestre e correu atrás dele. Dois dias e duas noites ele o perseguiu. O mestre e seu acompanhante não pareciam conhecer o cansaço, pois na alvorada do terceiro dia os dois caminhavam juntos com tanta vivacidade como no primeiro dia. Para que não dormisse no caminho, o camponês cortava as mãos e espalhava sal nas feridas. Com a dor, ele conseguiu permanecer acordado também no terceiro dia. No amanhecer do quarto dia, viu um castelo que se erguia lentamente das brumas do vale. O camponês ficou encantado. Enquanto contemplava aquela maravilha, esqueceu-se do sal e adormeceu logo. Quanto tempo seu sono durou, se um momento ou dias, ele não sabia, pois se rompeu de repente. O camponês pulou e viu o mestre diante de si. Estava em pé, tão grande e poderoso como uma palmeira. 'Por que me segues?', ele urrou. O homem não conseguiu responder. Nem mesmo concordar com a cabeça podia. 'Foste bem recompensado. Não há volta!', gritou o mestre. O camponês lançou-se sobre ele, mas o mestre empurrou-o para o lado e correu. Quando o homem se ergueu, viu como o castelo a distância desaparecia com vagar por trás da névoa.

"Por anos, o camponês seguiu o mestre, mas ele sempre desaparecia diante dos seus olhos. No entanto, o camponês não desistia.

"Um dia, na primavera, ele descansava um pouco à beira de uma lagoa e pensava em como poderia enganar o mestre. Foi quando viu uma jovem que juntava água com uma peneira, corria alguns passos e, confusa, voltava para o lago para pegar mais água. A mulher parecia cansada, mas não desistia. 'Preciso terminar o trabalho. Preciso conseguir, mesmo se eu morrer. Preciso terminar o trabalho', encorajava-se a mulher e chorava amargamente.

"O camponês agarrou o braço dela.

"'Deixe-me, preciso encher esta peneira com água e levar até o rei dos gênios para que ele perdoe a meu marido', falou a mulher e soltou-se da mão dele. Novamente pegou a água, mas de pronto ela escorreu pela peneira.

"O camponês tomou novamente a mulher pelo braço e tirou a peneira suavemente da mão dela. A mulher gritou e bateu no camponês até ficar exausta com ele e, então, apenas o xingou. Porém, ele foi a passos lentos até uma caverna nas proximidades para a qual os camponeses levavam a neve do inverno a fim de que as cisternas nos rochedos ficassem cheias d'água para o verão. A caverna estava até a boca cheia de neve. Ele jogou um monte na peneira e voltou rápido até a mulher que, desesperada, chorava à beira do lago. Quando ela viu a peneira com neve, seu rosto se iluminou. Ela pulou, pegou a peneira e voou rápido dali. Ela era um gênio. Deus proteja vocês da ira dela!

"Pois bem, pouco tempo depois, a mulher voltou com seu amado. Ela agradeceu ao camponês e, quando viram que nem seus olhos, tampouco suas mãos falavam, souberam que ele vendera sua língua para o mestre.

"'Ninguém além de ti mesmo pode libertar tua voz', falou o marido gênio em voz baixa. 'Ele acorrenta as vozes no castelo e extrai delas seu elixir. Nenhum gênio da Terra pode entrar no castelo, mas eu posso te ajudar. Transformo-te numa águia. Podes procurar o castelo na Terra, no céu e no inferno. Quando o encontrares, não olhes para trás. Seja lá o que ouças, não olhes para trás. Se o fizeres, o castelo desaparecerá para sempre. Entra lá pela janela azul do céu.

"'No momento em que voares pela janela, transformar-te-ás num homem. Quando saíres pela mesma janela, transformar-te-ás novamente em águia. Tomes um caco de vidro da janela e escondas embaixo da tua língua, pois, se tiveres este estilhaço, o castelo não poderá mais fugir de ti. Busca lá tua voz – é tua cópia – e abraça-a com força, então estarás liberto. No entanto, não te esqueças em momento algum do caco de vidro. O mestre juntará o vidro quebrado da janela para esconder o castelo na névoa da eternidade, mas, enquanto faltar o mínimo pedaço, ele não pode mais proteger o castelo da força do tempo. Em sete noites, ele desmoronará. As vozes serão libertadas dos grilhões, mas errarão até o fim dos tempos se não puderem se juntar às suas cópias. Presta atenção no caco! O mestre fará de tudo para salvar o castelo.'

"Pois bem, o gênio beijou o homem entre os olhos e fez com que ele alçasse voo às alturas como uma águia. Com sua mulher, acompanhou o rei dos pássaros até ele desaparecer no céu azul. A mulher-gênio ainda estava mergulhada em pensamentos quando seu amado a tomou nos braços e a beijou nos lábios. Neste momento, duas papoulas irromperam do solo onde os pés da mulher-gênio tocaram a terra.

"Por anos, a águia percorreu terra, céu e inferno atrás do castelo. Durante esse tempo, sua mulher procurou-o desesperada. Quando quis abandonar todas as esperanças, de repente surgiu um velho com uma barba longa e branca como a neve no seu pátio. Os cavalos recuaram, os cães ganiram quando sentiram um tremor de terra se aproximando.

"'Queres ter teu marido de volta? Não quero nenhum castelo, nem ouro para tanto', falou o velho, percorreu pensativo os dedos na barba e olhou Sahar com olhos vermelho-fogo.

"'Claro que quero meu homem de volta, mas o que queres como recompensa, se não queres ouro nem castelo?'

"'Tua voz', falou baixinho o velho. 'Quero tua voz e tê-lo--ás nos braços depois de sete noites.'

"'Nunca venderei minha fala! Vai-te embora!', gritou Sahar, embora a saudade do marido queimasse em seu peito.

"'Eu voltarei', respondeu o mestre e saiu do pátio com passos lentos.

"Três meses depois, o velho voltou; porém, com peso no coração, Sahar o mandou embora novamente.

"'Voltarei apenas uma terceira vez. Pensa bem!', falou o velho irado e bateu a porta atrás de si.

"Sahar esperou e esperou, mas somente depois de três anos o velho chegou. 'E agora, pensaste bem?', ele perguntou, e um sorriso torceu-se nos seus lábios.

"'Leve-a. Quero-o de volta!', Sahar falou num sussurro.

"O mestre lançou sua capa sobre ela e, quando ela voltou a si, não podia mais falar. Os criados assustaram-se assim que viram a senhora pálida saindo dos aposentos, pois pouco antes tinham visto como sua cópia deixara o castelo devagar com o velho e subira na carruagem dele.

"Naquele momento, a águia buscava e buscava. Cruzou todos os vales e montanhas da terra, do céu e do inferno. Um dia, quando cruzava a terra, viu um castelo surgir das profundas de um vale. Pouco antes, reconheceu o mestre, que se apressava com uma mulher para dentro do castelo. Preferia arrancar os olhos do mestre, mas sabia que assim o castelo desapareceria de pronto. Então, deu mais uma volta e viu uma cúpula dourada com quatro janelas. Uma vermelha, uma verde, uma azul e uma preta. Deus sabe para onde levavam as outras três janelas."

Mehdi interrompeu a história, deu algumas tragadas no narguilé e passou a mangueira para Junis.

– Azul para o céu, vermelha para o pecado, preta para... – quis esclarecer Isam.

– Você ouviu – retrucou Musa –, ele disse: Deus sabe para onde. Você é Deus agora ou o quê? Continue, por favor, não perca nenhuma letra – ele pediu a Mehdi.

– Pois bem, depois de uma longa busca, a águia encontrou a janela azul do céu, mas no mesmo momento ouviu o grito de ajuda de sua mulher atrás de si. Queria virar-se, mas lembrou-se do alerta do gênio. Como uma flecha, lançou-se com toda a força contra a janela. O vidro estilhaçou-se. A águia agarrou um caco com o bico e pulou para dentro da janela. E então aconteceu o que o bom gênio havia lhe dito: transformou-se em homem novamente. Rasgou um pedaço da camisa, enrolou o estilhaço afiado e enfiou-o embaixo da língua.

"Duas fileiras de quartos desembocavam num corredor infinitamente longo. O camponês espreitou e ouviu no primeiro quarto um cantar em língua estrangeira. Cuidadosamente, abriu a porta e viu mais de quarenta jovens, homens e mulheres, em roupas estranhas. Estavam acorrentados à parede, mas pareciam lépidos e animados, como se tivessem acabado de chegar. Os acorrentados não o perceberam, como se não pudessem vê-lo. O camponês corria de porta em porta, abrindo-as, e buscava a si mesmo entre os muitos cantores e contadores de história. Diante da trigésima terceira porta, ele ouviu sua própria voz. Abriu a porta com força e viu sua cópia acorrentada à parede. Com a força do amor pela sua voz, ele arrancou as correntes da parede e abraçou sua cópia. 'Sahar!', ele gritou, e seu coração disparou de alegria como um pássaro que acabou de fugir de uma gaiola.

"Não demorou muito até que ele ouvisse o urro irado do mestre no telhado, pois estava tentando, desesperado, reunir o vidro estilhaçado. 'Sinto cheiro de um homem', ecoava a voz do mestre nos corredores do castelo. Por um momento, um terror paralisante agarrou o camponês, contudo ele correu, tão rápido o quanto pôde, e pulou novamente pela janela para o ar livre. Uma grande águia com um impulso poderoso elevou-se aos céus. 'Eu te pego!', praguejou o mestre no telhado do seu castelo. Também se transformou numa águia, mas o camponês foi mais rápido que ele. Então, o mestre se transformou num vento e tentou derrubar a águia, mas ela foi mais forte que o vento. Voou inabalável por dois dias e duas noites. A fome rasgava seu estômago. Assim, o mestre transmutou-se numa pomba que adejava diante da águia, mas a águia continuou seu voo. No terceiro dia, a águia estava com tanta sede que teria dado tudo no mundo por uma gota d'água, quando descobriu um lago azul atrás das montanhas e teve medo pelo estilhaço embaixo da língua. Continuou a voar e, de pronto, o lago secou-se inteiro, pois era ninguém mais do que o mestre. No fim da tarde do terceiro dia, a águia chegou ao seu palácio. Voou pela porta aberta do seu quarto e viu Sahar deitada na cama. No entanto, quando a mulher o olhou com olhos mortiços, o camponês soube que ela havia vendido sua voz para o mestre. Sahar reconheceu seu marido na águia, pois eram os olhos dos quais ela sentira saudades todo o tempo, mas não podia dizer palavra para ele.

"'Venha comigo buscar tua voz!', falou a águia com a voz morna que Sahar sempre amara. Ela, então, subiu nas costas do pássaro e a águia voou dali.

"Agora o mestre sabia que o camponês voltaria. Deu meia-volta e esperou diante da cópia da mulher. Dia e noite ele esperou e, no fim da tarde do sexto dia, o camponês e sua mulher atravessaram a janela do céu no castelo. Sahar queria dizer com todas as palavras do mundo para o marido, que agora estava diante dela na forma humana, o quanto o amava. Mas não pôde falar uma sílaba. O homem sussurrou para ela: 'Precisamos ir até a tua cópia e, quando a vires, não olhes para trás por mais que eu grite. Arranca-a das correntes e corre para fora. Ouviste? Salva-te!'. Ele tomou Sahar nos braços. Deram um último abraço, então seguiram os dois na ponta dos pés pelo corredor.

Quando ouviram a voz de Sahar, irromperam quarto adentro. Lá estava o mestre, ainda maior e mais forte, mas seu rosto estava pálido, seus cabelos, muito grisalhos. 'Dê-me o caco e tomes a cópia da tua mulher!', disse com voz estertorosa.

'"Nunca nesta vida!', respondeu o camponês, e lançou-se contra o mestre. Ele se transformou de pronto numa serpente imensa que se enrolou na cópia de Sahar. O camponês socou a cabeça do animal e Sahar pôde libertar sua voz dos grilhões. 'Vá!', ele gritou e lutou com a serpente. Ele quase a enforcou, quando ela se transformou num escorpião e deu duas ferroadas venenosas no camponês. O homem gritou de dor e pisou o escorpião, que de pronto se transformou num tigre que pulou sobre o homem. Sahar correu apenas dois passos para fora, mas, quando ouviu as pancadas surdas, voltou-se, agarrou as correntes que estavam no chão e bateu com força no tigre, até ele soltar seu marido ensanguentado. O camponês olhou surpreso para Sahar e acenou freneticamente para ela. Ela deveria ir embora, mas ficou diante do marido e continuava a bater no animal ferido. De repente, o tigre desapareceu. O camponês sentiu que a morte aos poucos se arrastava sobre os seus membros. Puxou Sahar para si e beijou-a na boca. Cuidadoso, ele deslizou o estilhaço enrolado para a boca da mulher.

"Sahar sabia agora que seu amado marido morreria. Ela gritou alto e segurou a cabeça dele firme contra o peito. O mestre, que havia se transformado numa ventania, percebeu que o estilhaço agora estava na boca de Sahar. Porém, ao mesmo tempo, sentiu seu fim aproximar-se e virou uma aranha venenosa. De repente, Sahar sentiu uma picada no pescoço. Com toda a força, ela deu um tapa no lugar da picada. Então, a aranha caiu morta no chão.

"Abraçados morreram os dois amantes. Das ruínas do castelo, escaparam naquela noite mil e uma vozes. Muitas encontraram sua cópia e muitas a procuram até hoje. Porém, exatamente à meia-noite, duas estrelas saíram dos escombros do castelo e subiram aos céus. Uma brilha como diamante; a outra, vermelha como o fogo.

"Desde esse dia, a estrela vermelho-fogo segue a estrela reluzente de Sahar, e, quando elas se encontram, caem mil e uma pérolas na boca aberta das conchas. Nessa noite, os pássaros cantam canções misteriosas até tarde.

"Assim me contou o camarada do meu pai, e, quando suas palavras chegaram ao fim, ele perguntou, com a curiosidade de uma criança: 'E como chama a estrela vermelho-fogo?'.

"'Shafak', eu respondi."

– Deus abençoe tua boca por essa história! – disse o Ministro em primeiro lugar. Os outros concordaram com a cabeça.

– Mas o que aconteceu com o camarada? – perguntou o barbeiro.

Medhi ficou quieto por muito tempo.

– Vocês não vão acreditar. Uma noite, ouvi uns gritos de felicidade. Acordei, puxei a cortina e vi Shafak dançando no pátio. Dançava com a mão estendida, e, sobre a palma da sua mão, brilhava uma pérola. Fez um círculo mais uma vez diante dos meus olhos e lançou a pérola para cima. Na manhã seguinte, contei o que vira para a minha mãe, mas ela riu e disse que eu havia sonhado. Contudo, Shafak desapareceu naquele mesmo dia.

– Sério? – quis saber o Ministro, e Mehdi concordou com a cabeça, calado. Apenas Salim sorria de forma estranha.

– Se uma fada me transformasse numa estrela agora, eu me chamaria estrela bocejante – disse Musa, bocejou alto e levantou-se. Já passava da meia-noite.

– Antes de irmos – respondeu Isam e permaneceu sentado –, devemos botar as cartas para saber quem será o próximo narrador.

– Ah, sim, claro – murmurou o ferreiro como uma criança que foi pega no flagra. Isam deitou seis cartas. – Eu gostaria de tirar a última carta, puxe a sua – sussurrou Ali para Tuma, o Emigrante, que queria deixá-lo à frente. Mas foi Junis, o dono da cafeteria, quem tirou o ás.

6

Como Salim, sem palavras, convenceu um comerciante e não suportou mais os olhos acusadores de um carneiro.

Havia tempo que Salim não passava uma noite tão tranquila. O sono afastou o cansaço dos últimos meses dos seus ossos. Quando acordou, viu Afifa que, apesar do frio intenso, estava parada diante da sua janela. Ela sorriu, envergonhada.

– Tenha um bom-dia, tio! Quer tomar um café conosco? – ela falou.

O velho cocheiro negou com a cabeça, sorrindo, e pulou animado da cama.

Pouco depois das oito, o rapaz da padaria deixou o pão. Salim dava ao jovem, desde o dia no qual pegou sua pensão, uma piastra.

As azeitonas com o pão sírio quente e o chá daquela manhã estavam especialmente deliciosos. Pensou na história do Professor, em Sahar e em Shafak. Que fim teria levado o camarada carpinteiro? Era a estrela vermelho-fogo ou apenas um trabalhador contador de histórias? Com essa pergunta na cabeça, limpou a mesinha, trancou a porta do quarto, guardou a chave na bolsa grande e saiu às pressas de casa.

A rua ainda respirava tranquila àquela hora. As crianças estavam na escola fazia tempo. Diferente do verão, quando o grito dos verdureiros se sobrepunha, naquele dia de inverno um único verdureiro passava pelas casas com sua carroça.

Um montinho miserável de batatas e algumas cebolas eram a única coisa que esse comerciante de rua anunciava nos quintais.

– Três quilos por uma lira! – ele quase implorava com sua voz chorosa. O cachorro do doceiro Nassif latia sem parar, como todos os dias fazia. Era um pequeno vira-latas com uma bocarra, que, ao raiar do dia, começava a latir até seu dono, um viúvo rico, voltar. Muitas donas de casa ficavam desesperadas. Também os vizinhos se irritavam com o escândalo. Quando o filho mais velho de Afifa, incitado pela mãe, subiu no muro, enfiou o cachorro num saco e levou-o para um campo distante, o vira-latas voltou para o seu dono. Até então, sabia-se na rua que apenas os gatos retornavam. Cachorros, ao contrário, seguiam com o rabinho balançando para qualquer um que lhes jogasse um osso. No entanto, esse vira-latas, meio faminto e todo estropiado, pulou nos braços abertos do doceiro choroso.

A serra do carpinteiro Ismat interrompeu o silêncio da rua entre dois acordes de latidos, bem quando Salim pensava na vigília de Afifa diante da janela. O que procurava? Queria espionar se ele falava dormindo? Ele sacudiu a cabeça para se livrar da suspeita.

Toda rua tem rosto, cheiro e voz próprios. A viela Abara, onde Salim morava, tem um rosto terracota, antigo e cheio de sulcos, rabiscos infantis e histórias. As janelas curiosas abrem toda manhã e esperam qualquer notícia, qualquer andorinha e qualquer aroma. No inverno, a rua também cheira a anis. No meio dela, existe um grande armazém de anis que pertence a dois irmãos, e contam-se as histórias mais absurdas sobre sua ganância. Por exemplo, teriam se apaixonado ao mesmo tempo por duas irmãs e ficaram felizes porque teriam de pagar apenas a um padre para o casamento. Tudo caminhava bem, até que uma das mulheres disse, após três meses de noivado:

– Todos os dias vocês vêm aqui e ficam até a meia-noite. Vamos alugar um coche e dar uma volta em Damasco, depois vamos ao bazar Hamidiyeh tomar um sorvete no Bekdash.

Os irmãos olharam-se horrorizados e saíram para a rua cambaleando. Festejaram a vida toda por terem se salvado no último momento de duas gastadeiras, e ficaram solteiros. Fala-se muito sobre a mesquinharia, mas nem seus milhões nem o sarcasmo da vizinhança mudaram alguma coisa naquelas mãos, que agarravam cada piastra. Ao contrário, quanto mais velhos e ricos ficavam, mais muquiranas se tornavam.

Naquela manhã, o irmão mais novo apareceu na sacada e gritou para o vendedor de batatas:

– As batatas estão duras?

O vendedor virou-se apenas por um instante e sorriu, amargo.

– Não estou vendendo nada. Estou apenas passeando – ele gritou para cima.

– Desavergonhado. As pessoas estão com as burras cheias e ainda reclamam que não fazem mais negócios! – indignou-se o milionário.

Gato escaldado, pensou Salim e sorriu, triste. De fato, o vendedor conhecia os irmãos muito bem. Apenas um novato poderia cair na armadilha da pergunta amável. Assim que ele encostasse a carroça com seus legumes na porta, os dois avançariam sobre a mercadoria. Depois de uma hora, o vendedor estaria acabado e seus legumes, roídos. Os dois tinham um método infalível de como podiam sair de uma loja com a barriga cheia. Mordiam algo e diziam, perplexos:

— Ouça aqui, quer nos fazer de bobo? Este repolho meio mordido custa uma lira? — Também não se furtavam de engolir couves-flores, folhas de alface e cenouras não lavadas.

Os irmãos mesquinhos viviam reclusos, como se não pertencessem à rua. Um velho com pernas tortas peneirava o anis para eles, em grandes peneiras de arame, de manhã à noite, e enchia grandes sacos de juta. Salim conhecia o homem havia mais de cinquenta anos. Ele nunca conversava, vinha toda manhã e desaparecia na poeira do anis. No entanto, Salim percebeu com o tempo que o homem ficava cada vez menor. Suas pernas entortaram-se com o passar dos anos e o rosto ficou verde-acinzentado como as sementes de anis.

A Rua Direita, na qual desemboca a viela Abara, tem outro cheiro. Logo no cruzamento, vem um aroma meio mofado do bar. Cheira a cavalos e a suor e, se não houvesse o vendedor de frutas, Karim, o fedor seria insuportável. Karim talvez tivesse mesmo as melhores frutas do mundo. Eram sempre um pouco mais caras que as dos outros vendedores de frutas, por isso pareciam tão belas e cheiravam muito bem. Comem-se as frutas primeiro com os olhos, então com o nariz e, por último, com a boca. Karim declarava algo assim quando anunciava suas frutas:

— Pode levar de graça cada fruta que você não conseguir cheirar a cinco metros de distância! — Porém, não havia como negar, o manto de aromas chegava muito além da esquina. Karim dispunha as caixas de frutas em duas fileiras no corredor de sua loja. Pareciam duas fileiras de dentes engraçados, coloridos, numa grande boca.

As lojas da Rua Direita emprestavam a ela uma aparência do rosto de um ser com boca grande e dentes coloridos de caixas de doces e vidros de nozes e amêndoas que reluziam, firmes e atraentes. Não era de se estranhar que a grande garganta da Rua Direita não amedrontasse nenhum transeunte.

Como os antigos e ricos damascenos adornavam a boca com dentes de ouro, essa rua, construída pelos romanos, enfeita-se desde tempos imemoriais com tapetes, nozes e frutas, panelas de cobre e madeira torneada.

Salim fechou os olhos e seguiu bem devagar, com ouvidos e nariz perscrutando a rua. Antes do cruzamento, ouviu a voz adocicada do vendedor de bebidas.

– Seja bem-vindo – ele convidava todo passante. Salim perguntou-se se ele teria imaginado que o homem era tão gordo se apenas pudesse julgá-lo pela voz estridente. Um passo adiante e tudo ficou quieto e com um cheiro estranho. Claro, era a farmácia. Salim sorriu e ouviu, naquele momento, a voz de Hassan, o engraxate:

– Vai uma graxa aí, senhooor? Orvalho Feliz, estou aqui! Olha o engraxateee!

Salim lembrou-se de Hassan, aquele camponês caolho que por décadas conduziu suas dez cabras damascenas, uma raça especialmente pacífica de cabras com pelos macios e ruivos e mamas grandes e rombudas, ao raiar do dia pelas ruas de Damasco, e vendia leite morno recém-ordenhado. Um ano atrás, o governo o havia proibido de vender ou de negociar, pois o leite supostamente não era higiênico e a paisagem das ruas de Damasco estava sendo destruída pelas cabras. O camponês teimou e, por isso, recebeu muitas reprimendas da polícia, até as cabras serem confiscadas.

Hassan carregava, nos cortejos fúnebres, coroas de flores diante do féretro ou ajudava o vendedor de flores Nuri em casamentos, e levava os belos buquês de flores para os festejos. Porém, se ninguém morria ou casava, Hassan passava o tempo como engraxate. Estava seguro de que um dia tiraria suas cabras do confinamento e voltaria ali, onde, depois de caminhar por três ruas, fazia diariamente uma pausa e alimentava suas queridas.

Carregando buquês de flores ou engraxando sapatos, Hassan sempre chamava suas cabras em voz alta. Apenas nos cortejos fúnebres murmurava baixo o nome delas. As pessoas riam dele, porém Hassan acreditava com firmeza que suas dez cabras viriam. Às vezes, podia se esquecer de almoçar, mas nunca confundiu suas cabras com as dos outros.

– Não, a Orvalho Feliz tinha uma mancha branca e redonda entre os olhos e nenhum ponto preto na orelha esquerda, como sua irmã gêmea, a "Brisa Fresca" – ele respondia, irado, quando as pessoas o puxavam e confundiam o nome de suas cabras.

– Engraxaaate! Salim, meu querido, como vai? Lua Prateada, estou aqui! Engraxaaate! – ele gritou novamente.

Salim tocou o ombro do camponês e curvou-se um pouco sobre a caixa de engraxate e seu cheiro penetrante. Um passo adiante e ele ouviu os ruídos da oficina de marchetaria, onde trabalhos finos em madeira eram feitos. Salim temia chutar a qualquer momento as caixas da oficina que secavam ao sol invernal, e continuou seus passos com cuidado. Porém, tropeçou ainda mais quando pisou um buraco profundo e enlameado. Agitou forte os braços para manter o equilíbrio e acertou o nariz de um trabalhador que correu para ajudar e ficou com os olhos cheios de lágrimas. Salim conseguiu apenas sorrir para ele, embaraçado.

Em vez de se envergonhar pelo joguinho leviano de andar com os olhos cerrados, xingou em seu coração o presidente, que ele responsabilizava por todas as poças da cidade antiga. Agora, Salim continuaria seu passeio com olhos abertos e o pé direito molhado.

Das oficinas de cobre, vinha o ruído dos pequenos cinzéis que conversavam com as chapas lisas. Os cinzéis deixavam nas jarras e panelas de cobre suas marcas e ficavam eles mesmos imperturbáveis, pois o retinido do cobre não deixava sua marca neles. Salim parou num dos menores galpões, cujo dono ele conhecia bem. O homem, um cinquentão atarracado, reconheceu o velho cocheiro. Deixou de lado a chapa na qual trabalhava e correu até o outro.

– Tio Salim, que história é essa? Junis me contou. Pela saúde dos meus filhos, fiquei realmente preocupado com você. Entre. Me dê a honra de vir tomar um café comigo.

Salim acompanhou o homem, que mandou um aprendiz imediatamente ao café vizinho para trazer ao velho cocheiro um moca.

A pequena loja cheirava a alcatrão e pano queimado. O artesão percebeu o descontentamento no rosto do velho cocheiro.

– Deus foi misericordioso comigo. O aprendiz queria aquecer um pouco o alcatrão para não riscar a chapa de cobre, quando pegou fogo na cortina. Eu estava sentado de costas para a oficina e não senti cheiro algum. Estou resfriado há dias. Mas Deus me protegeu e também ao pão dos meus filhos, provavelmente porque eu peguei esse órfão como aprendiz. Que tempos são esses, não? – perguntou o artesão em voz baixa, puxou a manga do velho cocheiro e olhou ao redor. – Ouviu sobre o cólera? Posso dizer que sim para você. Soube pelo meu primo. Acabou de chegar do norte. Tio, que governo é esse que não fala nada para o povo sobre o cólera? E por quê? Para os turistas não ficarem assustados. Por Deus, não sou nenhum medroso, para mim tanto faz. Já vivi o bastante, mas tenho seis filhos! As pobres crianças. Há semanas não podem comer nada na rua e tudo o que comemos é lavado com água quente e permanganato. Talvez eu esteja exagerando. Você acha que estamos com cólera?

Salim deu de ombros e pegou o café que o aprendiz gentilmente serviu.

O velho cocheiro bebeu o moca fazendo barulho e com muito gosto, deixou a xícara numa mesinha, apontou uma bandeja bonita e redonda de cobre e fez com dedão e indicador o sinal de "quanto custa?".

– Leve. Eu lhe dou de presente! – declarou o homem.

Salim ergueu as sobrancelhas grossas do jeito que os damascenos fazem para dizer não da forma menos desgastante. Dizem que apenas os damascenos chegam a esse ponto de preguiça para dizer não sem movimentar a cabeça. Os mais vigorosos entre os árabes dizem: "Não". Os mais acomodados erguem a cabeça e estalam a língua. Os mais preguiçosos de todos, os damascenos, apenas erguem as sobrancelhas. Salim se manteve neste costume a vida toda.

O artesão riu, divertindo-se.

— Você gosta de histórias, não é? — E, como ele conhecia o vício do cocheiro, continuou, sem esperar uma resposta: — Você sabe que na casa vizinha mora um inglês que trabalha no museu. Mister John é o nome dele. Tinha um ciúme tão grande de sua bela mulher que a trancava em casa quando saía. As mulheres do nosso bairro gostavam dela e sempre a convidavam para um café, mas ela ficava sentada, triste e sozinha na janela, e sorria. O marido temia que ela fugisse. Há um mês, ele precisou ir até Palmira. Tinham encontrado lá mais tesouros da rainha Zenóbia. Sabe, a maravilhosa rainha do deserto que enfrentou os romanos?

"Quando Mister John viajava por muito tempo, levava consigo a mulher, mas para Palmira ele não quis levá-la. Lá havia um hotel chamado Hotel Zenóbia, mas o inglês tinha medo das lendas que envolviam o hotel. Sua fundadora era uma francesa, chamada Madame d'Andurian. Era esperta, rica e apaixonou-se pelo deserto, pelos beduínos e por seus cavalos árabes. Assim, a Madame foi para Palmira e ergueu o hotel. Nos seus estábulos, ela mantinha os cavalos árabes mais nobres. Madame d'Andurian era muito generosa e com frequência fazia grandes recepções. Contava-se que eram orgias selvagens. Seu charme e sua generosidade rapidamente se espalharam e, assim, os governadores, políticos, generais e diplomatas rumaram para Palmira e deixavam que Madame d'Andurian lhes agradasse, aquela libertina. Madame não era apenas admirada. Era odiada também. Com o tempo, seu nome ganhou uma aura de imoralidade. Por muitos ela também era chamada, não sem uma ponta de inveja, de 'feiticeira do deserto'.

"Um dia, o marido dela foi encontrado morto num celeiro. Você sabe que no passado os ingleses e os franceses travavam entre si guerras de agentes secretos no Oriente, porque brigavam pelos tesouros. Nesses confrontos horrendos, caíam muitos agentes e inocentes em completo silêncio. Você já ouviu falar de Asmahan, cantora inesquecível e maravilhosa, não é? Foi assassinada porque sabia demais ou não cumpriu a missão. Seja como for, correu o rumor de que o serviço secreto inglês havia assassinado o marido de Madame d'Andurian, porque ele servia como agente de alto escalão da França. Os ingleses, por sua vez, espalharam boatos de que um beduíno, amante da dama francesa, matara o homem a mando da esposa. Então, as personalidades conhecidas começaram a evitar o hotel, e Madame ficou sufocada pela solidão. Ela, a aventureira desavergonhada, ficava sentada sozinha, no meio do deserto; não aguentou muito: um dia, comprou um barco de pescador e seguiu com ele sobre os mares da Terra até estourar um motim a bordo; e Madame, que era muito velha e havia perdido a agilidade da língua, mostrou-se valente e irrompeu sozinha, com uma pequena pistola na mão, para cima dos amotinados. Os marinheiros a jogaram no mar e dizem que ela gritou a plenos pulmões: 'Zenóbia! Zenóbia!', até ser engolida pelas ondas do mar.

"Então, o Mister John conhecia a história da rainha Zenóbia, que também ficou conhecida porque mandou matar seu marido, o rei Odenato, para assumir o reinado. Como um bom inglês, ele acreditava que os beduínos haviam matado o marido da Madame d'Andurian. Ficou com medo por si, se ele trouxesse sua bela mulher. Seu medo dos beduínos excedia até sua desconfiança para com os damascenos, e ele decidiu deixar sua mulher em Damasco. Mentiu para ela e contou que em Palmira não havia hotéis. Ele e seus colegas de trabalho precisariam se contentar com tendas e com dormir no chão duro. Mister John comprou provisões de uma semana para a sua mulher, o período que ele ficaria longe. Ele lhe advertiu que nunca falasse com árabes e ela respondia: '*Yes, yes. No, no*', como os ingleses respondem.

"Mas as mulheres da região, em segredo, mandaram fazer uma cópia da chave da porta do inglês. Levaram a mulher para o meio delas e tiraram os pelinhos de suas pernas, como nossas mulheres também fazem. Então, comemoraram com a inglesa. Não ensinaram apenas a dança oriental, mas contaram também como enganavam os maridos com sua astúcia. Tio, o que falam sobre nós, homens, nesses círculos, deixaria qualquer um de cabelos brancos!

"Depois de uma semana, o inglês voltou e encontrou sua mulher bastante mudada. Estava ousada e feliz. Mostrou para ele as pernas e riu pela palidez do rosto do marido.

"'Você falou com os árabes?', perguntou Mister John, cheio de preocupação. A mulher apenas levantou as sobrancelhas, sem dizer palavra."

Salim riu à beça e assustou o artesão com sua risada muda.

– Digamos, vinte liras – disse o artesão, como quem não quer nada. – Os comerciantes no bazar Hamidiyeh vendem por cinquenta. E compram de mim.

Salim deu mais um gole no moca, pousou a xícara na mesinha e mostrou ao artesão, com os dedos, que daria apenas dez liras por ela.

– Tio, é muito pouco, prefiro lhe dar de presente. Gasto um dia de trabalho nesta bandeja. Olhe o rosto da mulher aqui. Ele quase fala. As rosas damascenas, sabe quanto trabalho custa cada folha?

Salim concordou com a cabeça e mostrou onze liras.

– É cobre dos Estados Unidos. Pago duas vezes mais que os outros, com aquelas chapas baratas deles, que depois de uma semana ficam azuladas e esverdeadas. Aqui você terá algo para a vida toda por quinze libras, minha última palavra.

Salim ergueu as sobrancelhas, teimoso mostrou ainda onze e se levantou. Queria ir embora.

– Não, não quero que vá embora com as mãos vazias. Passe treze liras pra cá. – E, sem esperar a resposta do cocheiro, gritou para dentro da oficina: – Ismail, venha cá, embale a bandeja bonita para o Tio Salim!

Salim tirou sua bolsa de dinheiro e entregou ao artesão doze liras, que ele esfregou uma vez entre os dedos antes de passá-las, como se tivesse medo de que o dinheiro da pensão do governo quisesse fugir rápido demais de seu bolso.

– *Mabrouk*, abençoado seja o chá que você vai servir com esta bandeja – falou o aprendiz, e entregou o prato embalado para Salim. O cocheiro sorriu e pousou duas piastras nas mãos dele. Então, virou-se, apontou para a xícara vazia e balançou a cabeça, agradecendo o café. Estava visivelmente feliz com a negociação. Os dentes do tempo haviam engolido todas as cores da sua antiga bandeja de chá.

A rua ficava cada vez mais estreita, e os gritos de alerta dos carregadores, mais e mais frequentes.

– Cuidado, meu senhor, abra caminho! Cuidado, saia da frente! Cuidado, minha senhora! – gritavam eles e serpenteavam com esforço com suas cargas desajeitadas pelo mar de transeuntes, que ficava cada vez mais denso quanto mais

Salim se aproximava do mercado de temperos. Também para o velho cocheiro era extenuante encontrá-lo através do tilintar das bicicletas, da buzina dos carros e do grito dos vendedores, carregadores e mendigos, e, embora estivesse bem frio, ele começou a suar.

Quando Salim chegou ao mercado de temperos, fez uma pequena pausa num café minúsculo. As mesas tinham lugar apenas para uma xícara de café, um copo d'água e um cinzeiro. Nada mais. Um homem de cabelos grisalhos e barba por fazer era o único sentado ali. Parecia ser amigo do dono do café. A conversa íntima definhou quando Salim entrou. O velho cocheiro chegou a ouvir a palavra "*mazzeh*": a prisão para os "políticos".

– Hoje está mais frio que ontem – repetia o gerente às vezes e, pensativo, fazia as contas de âmbar de seu rosário escorregarem entre os dedos.

Salim bebeu seu café com vagar e observou pelas janelas embaçadas os pedestres apressados que queriam chegar ao mercado. Um cavalo velho parou na frente do café. Apesar do frio, o animal pingava de suor. Fungava alto e puxava com dificuldade a carroça pesada. Porém, a roda ficara presa numa poça profunda. O jovem carroceiro xingava e chicoteava o cavalo com crueldade. Salim sacudiu a cabeça e ficou aliviado apenas quando alguns transeuntes ajudaram a carroça carregada de sacos pesados a sair da poça.

Quando Salim deixou o café, encontrou uma nuvem de aromas vinda do mercado de temperos. Cominho, cardamomo e coentro triunfavam, superando todos os outros temperos, mas o tomilho das montanhas Sírias sempre aparecia com sua obstinação inconfundível e voz profunda. Entre eles, a canela sussurrava, doce e tentadora, quando os reis dos temperos se distraíam. Apenas as flores de açafrão, mudas, fiavam-se na sedução do seu amarelo brilhante. A mentira e o tempero são irmãos. A mentira faz de qualquer acontecimento insípido um prato temperado. Apenas os juízes querem ouvir a verdade e nada mais que a verdade. Mas, exatamente como as ervas, a mentira deve ajustar o acontecido. *Para ficar delicioso não pode ser nem de menos, nem demais*, pensou Salim quando parou um instante na porta da sauna e olhou as prateleiras cheias até o teto das lojas de temperos.

Havia anos que Salim não tomava um banho turco. Todo sábado ele se banhava na sua cozinha, numa bacia de latão antiquíssima. Tinha dado apenas alguns passos lá dentro quando um jovem apenas vestido com uma toalha trombou contra ele. O homem gritou – estava fugindo de outro que lhe perseguia com um balde de água fria. Havia uma grande agitação de soldados que ocupavam todos os bancos da sala de chá. Salim reconheceu-os pelos cabelos bem curtos. O cheiro de suor enchia a sala e o fez recuar. Os homens pareciam estar pela primeira vez numa sauna e gritavam como num parque de diversões. Não havia a paz que qualquer conhecedor da sauna estimava. Salim ouvia as pessoas gritarem por toalhas de rosto. Ele nunca tinha ouvido aquilo em todos esses anos, pois os atendentes da sauna providenciavam, assim que seus clientes se despiam, mais toalhas do que o suficiente. *Devem ser soldados ou jovens oficiais*, pensou ele e partiu para fora, exatamente quando os dois jovens que se perseguiam estapeavam-se diante da fonte para diversão dos seus camaradas e sob suas palmas.

De repente, Salim sentiu fome. Bem perto da sauna, duas pequenas barracas expunham seus espetos de kebab, miúdos, língua cozida e fígado frito. Os vendedores convidavam os passantes em voz alta e insistente:

– Aproximem-se e provem antes que acabe! – gritava um.

– Aqui você nem precisa de dentes! A carne macia derrete sozinha na boca! – retrucava o outro.

Muitos transeuntes, cujos sucos gástricos foram atiçados pelo mercado de temperos, deixavam-se levar pela tentação. Salim ouviu as ofertas aos brados e decidiu-se por aquela que prometia ter os melhores espetos de kebab, bem temperados com muita salsinha fresca. Salim quis se regalar com três espetos por uma lira, mas conseguiu desfrutar apenas o primeiro espeto. De fato, o vendedor não havia exagerado. A salsinha fresca deixava a iguaria deliciosa, mas na loja havia duas cabeças de carneiro cozidas sobre a mesa. A da direita mordia um maço de salsinha. A língua pendia de forma estranha, torta, da bocarra. A outra sorria para Salim e lhe mostrava sua mordida poderosa. Salim virou-se com seu prato e olhou para o chão, mas lá havia uma terceira cabeça de carneiro, embaixo da banca do açougueiro, no meio da sujeira. Ainda não estava cozida e olhava Salim com olhos grandes e acusadores, além da língua pendurada. Salim pegou os dois espetos num pedaço de pão sírio e correu para longe dali, porque sentiu no estômago uma queimação insuportável. Apenas o ar fresco esfriou sua cabeça. Salim agachou-se diante de uma loja de temperos e devorou às pressas o pão com os espetos. Porém, não tinha gosto de nada.

Depois de comer, ele se pôs a caminho da Mesquita dos Omíadas, passando pelo mercado dos ourives.

O grande salão da mesquita emanava uma paz estranha. As pessoas seguiam, ensimesmadas ou orando sozinhas, mudas por sobre o assoalho coberto com pesados tapetes persas, ou estavam sentadas em grupo em torno de um sábio mais velho, conversando. Outros dormiam ou olhavam sem parar para um ponto na alta cúpula, para um ornamento na parede ou para o ar.

As pernas de Salim doíam e a carne gordurosa lhe havia caído pesada no estômago. Esticou-se no tapete e refletiu por que nos últimos tempos sentia esse vazio na cabeça. Nunca teve tanta dificuldade para levar seus pensamentos a cabo como nos últimos meses. Provavelmente, como não conseguia falar com ninguém, seus pensamentos ficavam cada vez mais indistintos. A própria língua é aquilo que para os vasos são as mãos, que transformam a argila em recipientes úteis e belos. Salim riu da descoberta estranha de que ele apenas conseguia pensar com clareza falando. Com esse pensamento, viu sua mulher aproximando-se. Ficou espantado e esfregou os olhos. Zaide veio até ele sorrindo num vestido azul de seda. Seus dedos finos tinham a cor vermelha da hena. Os cabelos, grisalhos, brilhavam com um tom avermelhado. Ela sorriu para ele.

— Que está fazendo aqui, meu Salim, pedacinho do meu coração? Por que dorme aqui?

— Minhas pernas doem um pouco. Também não sou mais tão jovem. Antes, eu fazia o trecho da rua até a mesquita em uma hora. Hoje precisei de três horas.

— Tornou-se mesmo uma tartaruga, meu Salim, e como elas viverá cem anos. Não lhe contei isso ainda? O anjo da morte me procurou, quando você ficou muito doente. "Ah, velha", o ceifador de todas as almas gritou, "logo vou levá-lo comigo, e você procurará um outro." Mas negociei muito com ele até lhe dar de presente dez anos da minha longa vida. Ele me chamou de louca e correu até Abdullah, o ourives. Não lhe disse na manhã seguinte que Abdullah havia morrido à noite? E você riu de mim. "Abdullah? Ficou louca, o anjo da morte vai ficar sem emprego se depender desse aí. Ele tem sete almas, como os gatos." Você não disse isso? E o que aconteceu no dia seguinte? Encontraram Abdullah morto na cama. A viúva ainda vive, satisfeita. Muitas mulheres sobrevivem aos maridos, porque não são idiotas para levar a vida tão a sério como eles. Mas eu quis morrer antes. Sempre achei que seria enfadonho sem você, e eu não poderia aguentar o tédio. É isso. Não me olhe tão horrorizado. Eu sei, eu sei, você me amou loucamente cada segundo. Mas eu achava a vida com você muito exaustiva, mas nunca enfadonha. Não é amor suficiente? Mas que bandeja bonita você tem aí!

– Comprei hoje. A nossa já está muito velha. – Assim que Salim disse essas palavras, Afifa e duas outras mulheres entraram na mesquita.

– Dê aqui, vou fazer um café para as visitas! – gritou Zaide, mas Salim berrou.

– Não, para Afifa não!

Zaide arrancou a bandeja das mãos dele.

Salim acordou assustado. Abraçou o próprio corpo. A bandeja havia sumido. Ele olhou adiante para o círculo em torno do sábio. Continuavam debatendo em voz baixa, mas um pouco mais agitados. Ah, brigavam pelo produto do roubo. Ficavam sentados tão pacíficos até alguém fechar os olhos, e então atacavam. Logo um sábio e seus alunos! Era o chefe do bando e seus quarenta ladrões.

Salim pulou em pé e saiu às pressas. Quanto tempo havia dormido? Onde estava a bandeja? Ao chegar ao pátio da mesquita, viu alguns jovens que estavam sentados em círculo num canto distante. Dois criados da mesquita varriam o corredor limpo e brilhante com grandes galhos de palmeira. Salim trotou atrás deles, mas os jovens não tinham nenhuma bandeja com eles. Salim tentou perguntar-lhes com as mãos, e os jovens apenas deram risadinhas.

Irado, Salim deixou a mesquita e seguiu às pressas para casa. Na sua cabeça, misturavam-se autoacusações e ressentimento por aquele mundo bandido que escolhera logo a sua bandeja. Salim nunca fora religioso, mas em sua raiva ele achou uma falta de vergonha acontecer um roubo na casa de Deus. Seus pensamentos ficaram cada vez mais sombrios e cheiravam forte a alcatrão queimando, embora ele estivesse cruzando o mercado de temperos.

– Tio, oi, tio! – ele ouviu alguém gritar de repente. Virou-se. Um jovem acenou próximo ao café pequeno. Ergueu a bandeja e Salim olhou para ele, quase sem fôlego.

– Tio, você desapareceu de repente. Isso é seu, não é? – perguntou o jovem, que chegou correndo e buscava fôlego.

Salim concordou com a cabeça e segurou forte a mão do jovem com o rosto cheio de marcas de espinhas até conseguir pescar uma lira do bolso. Deu a moeda ao entregador.

– Uma lira inteira! Ó, céus! – gritou o jovem e começou a dançar feliz ali mesmo. Uma lira era o que recebia um entregador numa semana de trabalho no café, Salim sabia bem disso. Ele se envergonhou por ter desconfiado do sábio.

Porém, Salim não conseguia ficar envergonhado por muito tempo. Logo estava apenas orgulhoso pelo chá que serviria à noite na bandeja novinha em folha. Seu orgulho foi o melhor banho para limpar os sentimentos de culpa.

Salim correu para casa, deixando o velho bazar atrás de si, e, quando abriu a porta do quarto no fim da tarde, ouviu a cidade antiga apenas como um murmúrio distante, loquaz, colorido e duradouro como a trama de um tapete oriental.

7

Como um deles teve fome depois de um sonho e com isso deixou os outros fartos.

As pessoas não sabiam muito sobre Junis, embora ele tivesse tocado a cafeteria ao lado da Porta de São Tomás por mais de trinta anos. As pessoas alegravam-se com seu café iemenita, seu áraque libanês, seus grãos egípcios e seu tabaco de cachimbo da Lataquia, mas ninguém sabia de onde Junis vinha.

Em meados dos anos 1930, ele comprou uma espelunca caindo aos pedaços, fez uma ampliação e transformou-a numa cafeteria. Não economizou nada para fazer dela o local mais bonito no bairro cristão. Mas teve azar. Assim que a abriu, a grande cafeteria pegou fogo. As dívidas acumularam-se por dez anos de sua vida, até estar novamente onde ele estivera antes do incêndio.

Junis, não raro, era rabugento e estava quase sempre mal--humorado. Diziam que no passado era mais engraçado do que qualquer palhaço, mas, quando lhe perguntavam onde havia parado seu bom humor, ele respondia, ríspido: "Pegou fogo!".

Além do mau humor, do narguilé esplêndido e do moca iemenita, suas favas cozidas o fizeram conhecido no bairro inteiro. Com todas as coisas era mesquinho, mas com as favas era generoso. Por algumas piastras, comia-se uma porção deliciosa desse prato suculento e de difícil digestão. Quem não ficasse satisfeito com o primeiro prato precisava apenas ir até o balcão, esticar a mão com o prato vazio e sussurrar "corrija". O mestre dava, sem pestanejar, uma segunda ou até mesmo uma terceira porção grátis. Só os elefantes poderiam devorar uma quarta "correção". A palavra "corrija" não tinha em nenhum restaurante de Damasco, provavelmente em nenhum do mundo, esse significado. Encontrava abrigo apenas no estabelecimento de Junis.

Na cafeteria de Junis, a comida era servida diariamente apenas até o início da tarde. Em seguida, começava o horário dos narguilés e do chá e, quando o sol se punha, a noite era reservada para os contadores de história. Noite após noite, o *hakawati* subia numa cadeira alta e entretinha os clientes com histórias empolgantes de amor e aventura. Os *hakawatis* sempre precisavam combater o barulho, pois os ouvintes conversavam e comentavam as histórias com interjeições, brigavam e exigiam às vezes até que o *hakawati* repetisse um trecho que eles haviam gostado. Porém, quanto mais envolvente a história ficava, mais baixo contava o *hakawati*. Os ouvintes repreendiam-se uns aos outros, pedindo silêncio para que a história pudesse continuar. Quando esta chegava a seu ponto mais intenso, por exemplo, quando o herói escalava paredes até sua amada e pendurava-se com as pontas dos dedos na sacada, chegava um guarda ou o pai da moça. Nesse momento, o *hakawati* interrompia sua história e prometia continuá-la na noite seguinte. Era o que os *hakawatis* precisavam fazer para que os clientes fossem para a cafeteria de Junis e não para os seus muitos concorrentes. Os espectadores ficam às vezes muito nervosos e amontoavam-se em torno do *hakawati*, ofereciam-lhe um narguilé ou um chá e pediam, baixinho, para que ele lhes revelasse como a história continuava. Contudo, nenhum *hakawati* ousava deixar a tensão arrefecer, pois Junis proibira estritamente todos os contadores de fazê-lo. "Volte amanhã e vai ouvir a continuação" era sempre a resposta deles.

Em Damasco, contam-se muitas histórias, inclusive sobre as brigas dos ouvintes, que não raro formavam facções. Uns eram pela família da noiva, outros achavam que a família do noivo tinha razão. As histórias falam também de muitos ouvintes que não conseguiam dormir de curiosidade e agitação. Assim, iam até a casa do *hakawati* à meia-noite e ofereciam-lhe um dinheiro para que ele deixasse o herói chegar até sua amada. Ou para que o herói conseguisse se libertar da prisão. Diziam que apenas poucos *hakawatis* aceitavam uma oferta dessas, não sem o cliente prometer, apesar disso, ir no dia seguinte até a cafeteria, pois Junis não podia saber nada do trato.

※ ※ ※

Quando Junis chegou, Salim já preparara o chá e o narguilé. O velho cocheiro agia apenas feliz, mas parecia tão lépido como se tivesse rejuvenescido algumas décadas.
— Foi à sauna? – perguntou Faris.
— Fez a barba? – quis saber Isam.
Salim balançava a cabeça. Mostrou com dois dedos da mão direita sobre a mão esquerda espalmada que havia passeado.
— Que bandeja bonita, quanto custou? – o Emigrante admirou a nova peça.

– Com certeza mais de vinte liras. Um trabalho fino de artesanato – afirmou o Ministro.
– Eu teria levado a bandeja por cinquenta liras – disse Isam, o mais experiente entre os senhores.

Salim concordou com a cabeça, satisfeito com sua negociação, pois para ele uma barganha apenas podia ser vista como boa se a avaliação dos outros não ficasse abaixo do preço que ele pagara.

– É sua vez hoje – o Ministro falou para Junis. – Mas nem será difícil para você. Com certeza deve ter ouvido e vivido milhares de histórias na cafeteria.

– Engano seu, meu caro – respondeu o dono da cafeteria. – No café, os clientes falam pouco, porque temos os *hakawatis*. Eles são os contadores de histórias profissionais. A maioria dos clientes conta poucas histórias.

– Não sabia disso – retrucou Faris. – Pensei que as pessoas iam todos os dias à cafeteria para conversar.

– Sim, para isso também, mas, se tocasse uma cafeteria por tantos anos como eu, ficaria também decepcionado. As pessoas, em geral, repetem sempre as mesmas coisas. No início, parecia entusiasmante para mim, mas com o tempo ficou bem chato. Um fala do fígado; o outro, do filho infeliz. Não importa mesmo se um começa a falar sobre um pepino, logo aquele do fígado toma a palavra: "Pepinos são bem perigoso para o fígado. Posso falar horas sobre isso. Quando meu fígado ainda era saudável...", e ele fala de novo. O outro, com o filho infeliz, também não ouve, mas espreita pelo momento certo e espera por uma palavra-chave para que ele possa de novo falar do filho. Também tem gente que não fala nada, apenas joga uma e a mesma frase de tempos em tempos. Tive um cliente do norte que diariamente tomava seus cinco copos de áraque. Nunca tomou quatro e nenhuma vez tomou seis copos. No caso dele, posso jurar que tomava o primeiro copo num gole, e do segundo em diante começava a fazer rimas.

– Você também não fica satisfeito com nada! – alfinetou Tuma.

– Você precisava ouvir os versos dele: "Saúde, viva, Junis!", ele gritava no segundo copo. "Eu bebo à feliz Túnis!"

– E no terceiro – Isam riu –, "Saúde, viva, Ali! Eu bebo à bela Mali!".

– Isso, ele começava toda noite desse jeito no meu café e terminava em alguma capital deste mundo. Mas, por menos que as pessoas falassem no passado, era um paraíso se comparado a hoje, quando ninguém mais abre a boca num café. Sentam-se mudos e ouvem aquele maldito rádio. No começo, pensei que o rádio seria uma bênção para as cafeterias. Também comprei um caro para aqui e ali botar uma musiquinha, mas, desde que o governo novo botou no mercado o radiotransistor por ridículas dez liras, ninguém mais fala no café. Se no passado vinte pessoas se sentavam no meu estabelecimento, eram vinte sábios. Se perguntasse a um deles uma coisa, ele contava primeiro do seu passado, então descrevia a coisa no presente e, por fim, dizia o que aconteceria com aquilo no futuro. Todos falavam em voz alta sua opinião e não tinham medo de nada. Hoje, você nem pode contar uma piada até o fim sem que alguém o olhe de canto de olho e pergunte quem era o "bobalhão" ou o "asno" na sua piada. E, se você quiser explicar, precisa primeiro se garantir. Precisa ouvir as últimas notícias para saber quem o governo declarou amigo ou inimigo nos últimos tempos.

"Ontem mesmo, eu estava com meu filho no restaurante. Pela preocupação do nosso Salim, há semanas não ouvia notícia alguma. Meu filho me trouxe um chá, e eu comecei logo a contar da minha irmã mais nova, que casou com um libanês e vive com ele há quarenta anos em Beirute. De repente e sem ser perguntado, um estranho gritou: 'Eu não daria minha irmã nem a um cachorro do Líbano!'. Meu filho me sussurrou que esse senhor era do serviço secreto e que nosso presidente havia declarado o Líbano país inimigo. Eu não sabia. Fiquei fulo de raiva e quis dar umas pancadas com a minha bengala no falastrão para ele aprender primeiro as boas maneiras, que não se pode ofender pessoas mais velhas, mas meu filho me implorou, já que aquilo significaria a ruína dele, pois o local seria fechado numa questão de horas. Alguém enfiaria em algum lugar uma pedra de haxixe ou um livro de Lênin. Depois de uma hora, uma tropa policial chegaria e encontraria a pedra ou o livro de Lenin ali, onde o agente do serviço secreto escondera. O local seria fechado e o dono pegaria de dez a vinte anos de prisão.

"Como as pessoas podem falar umas com as outras? De toda bagunça no Líbano sei apenas que lá tem conflitos. Por isso eu devo renegar minha irmã?"

Faris, o ex-Ministro, sentiu-se desconfortável. O pequeno quarto do cocheiro tinha uma janela para a rua e, embora lá fora imperasse um frio glacial, foi ficando cada vez mais inquieto, quanto mais alto falava Junis. E o dono do café estava muito agitado e sua voz, alta demais naquela noite. Faris acenou para Tuma, e este concordou com a cabeça, como se quisesse dizer ao Ministro que havia entendido a mensagem.

– Mas os *hakawatis*? Quais histórias eles contavam? – ele perguntou a Junis, o dono do café.

– Claro, eles sempre contavam histórias. Agora, hoje à noite – disse Junis – pensei pela primeira vez em muito tempo sobre meus *hakawatis*. Em quarenta anos, tive alguns contadores de histórias no café. Contaram suas aventuras por milhares de noites. Muitos eram ruins e alguns eram bons. Ruim era aquele que cansava seus ouvintes.

"Meus clientes precisavam apreciar uma história, do contrário a maioria se levantava, pagava seu narguilé e ia embora, pois podiam se chatear em casa mais barata. Pior era o *hakawati* que não conseguia sentir o enfado. Mas sabem quem é o melhor ouvinte? Por muito tempo eu não soube disso.

– As mulheres – respondeu o Professor. O Ministro torceu as sobrancelhas e sacudiu a cabeça com desprezo.

– Disso eu não sei, pois na minha cafeteria nunca houve uma mulher entre os espectadores, mas as crianças, meu caro, são as melhores ouvintes. Muitos adultos na minha cafeteria eram misericordiosos também com o mais chato dos *hakawatis*. Do meu lugar atrás do balcão, eu podia observá-los, e via como muitos bocejavam de boca fechada. Mas um dia, por dificuldades de um dos meus *hakawatis*, convidei-o para o casamento do meu filho. Havia centenas de crianças e, quando elas ouviram que teríamos um *hakawati*, se amontoaram em torno dele e imploraram por uma história até ele aquiescer. Sentei-me com as crianças, pois estava um pouco cansado pelos preparativos extenuantes e pela comida pesada.

"Quando o *hakawati* começou, as crianças ficaram fascinadas, mas aos poucos eu vi como elas desembarcaram da história, uma após a outra. Foi horrível. As crianças o deixaram maluco. 'Conte outra história!', elas gritavam no meio de uma batalha entre dragões e monstros. Com elas, ele sentiu como era ruim. As crianças são imensamente cruéis. Sua aceitação ou recusa elas pagam a um *hakawati* como a um vendedor de sorvete, sempre à vista.

"O que me surpreendeu: os bons *hakawatis* não deixavam os tapetes voadores planarem, os dragões cuspirem fogo e as bruxas misturarem os venenos mais insanos o tempo todo. Os ouvintes olhavam para bons *hakawatis* totalmente encantados quando eles contavam coisas simples. Porém, uma coisa até mesmo o pior *hakawati* precisa ter, e essa coisa é uma boa memória. Não pode perder o fio da meada nem pela preocupação, nem pela alegria. Não precisa ter a memória maravilhosa do nosso Salim, mas uma boa memória sim, senão ele está perdido."

– Meu Deus, mas isso não é uma arte! – lançou o barbeiro.

– Claro que sim, às vezes nem sei o que comi anteontem – disse o ferreiro e riu.

– Não, Musa tem razão. Os árabes têm uma memória excelente. Não esquecem nada, porque adoram o camelo. Um camelo também não se esquece de nada. Não é apenas um dom, mas às vezes uma maldição. Conhecem a história de Hamad? – perguntou o Emigrante.

– Não, mas hoje não é a sua vez – protestou o Professor.

– Deixe que ele conte a história. Quero saber por que uma boa memória pode ser uma maldição. Claro, apenas se Junis deixar, pois ele é o mestre desta noite – pediu Isam.

Junis sorriu.

– Fique à vontade. Não estamos na escola aqui.

– *Well*, certa vez havia um camponês – Tuma começou.
– Ele se chamava Hamad. Um dia, o mais velho do vilarejo quis festejar o casamento de sua filha. As festividades deveriam durar sete dias e sete noites, e todas as pessoas do lugar foram convidadas. O pai da noiva receberia os convidados com muita fartura. Na primeira noite, havia cordeiros assados, arroz, feijão e muita salada com cebola e alho. Tudo era extraordinariamente delicioso, e os convidados festejaram o farto banquete. Hamad, que havia passado fome quase a vida toda, exagerou. Em menos de duas horas, devorou uma coxa de cordeiro, uma tigela grande com arroz e uma ainda maior de salada.
"Então, tarde da noite, ele teve gases terríveis. Hamad sentou-se no chão. Quando as flatulências ficaram insuportáveis, quis levantar-se e sair ao ar livre para soltá-las. Porém, assim que se ergueu, escapou dele um vento ruidoso. Isso aconteceu no exato momento em que o poeta do vilarejo cantava um verso sobre a graça da noiva, que dizia: 'Teu hálito é um sopro dos botões de jasmim!'. As pessoas riram, mas o anfitrião lançou um olhar destruidor para Hamad. Vocês sabem que é melhor para um convidado enfiar uma faca no anfitrião do que soltar gases ou arrotar à mesa dele. Em outras regiões do mundo, o anfitrião se alegra quando o convidado arrota."
– Devem ser perfeitos idiotas. Na minha cafeteria, em quarenta anos, ninguém nunca se atreveu – disse Junis.
– *Well*, são outros costumes – disse o Emigrante, tentando defender os arrotadores de todos os países.
– Não faz sentido. Só falta eles desejarem "saúde". depois de alguém peidar – protestou Ali.
– Deixem Tuma terminar a história. Queremos chegar à de Junis ainda hoje – comentou Faris, o Ministro.

– *Okay*, como eu dizia, Hamad envergonhou-se tanto que saiu correndo. Todo dia ele ouvia tantas provocações de crianças e adultos que não aguentou ficar mais no vilarejo. Arrumou suas coisas e fugiu para o Brasil. Na época, muitos árabes emigravam para a América. Muitos porque morriam de fome, outros porque eram perseguidos, como minha humilde pessoa, e Hamad, apenas porque havia peidado. "Por quarenta anos ele trabalhou no estrangeiro. Uma vida dura, posso dizer a vocês. Hamad conseguiu um patrimônio modesto. Um dia, a saudade do seu vilarejo o venceu e ele contava com um capital para viajar do Brasil para a Síria. Quando viu os campos do seu vilarejo, pediu ao motorista do ônibus para parar. *You know*, ele queria cheirar a terra do seu país natal e chegar ao vilarejo a pé, do jeito que saíra. Caminhou com passos lentos até a vila, aproveitou o ar fresco e aqui e ali tocava a terra. Quando alcançou o cemitério na entrada do vilarejo, a curiosidade o atiçou. Queria saber de todos os que haviam morrido naquele intervalo. Assim, entrou e caminhou de um túmulo para o outro, leu o nome dos falecidos e orou por suas almas. Então, viu a lápide de um dos seus melhores amigos de infância. Ficou muito surpreso, pois esse amigo era conhecido por sua saúde de ferro. Na lápide não havia data. Uma mulher mais velha cuidava de um pequeno túmulo perto dele, e Hamad foi até ela. Ele não a conhecia. 'Salam aleikum, vovó', ele disse. 'Acabei de voltar do Brasil e vejo que Ismail morreu. O túmulo dele está quase acabado. Quando morreu?'

"'Não consigo dizer exatamente', respondeu a velha. 'Ismail morreu dois anos depois do peido de Hamad. A mulher dele, três anos depois.'

"Então, Hamad gritou como louco e voltou às pressas para o Brasil."
– Muito bem. Podemos ouvir agora a história de Junis? – falou o Professor.
– Onde eu parei? – perguntou o dono da cafeteria.
– Estava falando da boa memória dos *hakawatis* – Isam o ajudou.
– Ah, sim, isso um *hakawati* precisa ter. Mas queria ainda dizer a vocês que a profissão de contador de história é muito cansativa. Vi meus *hakawatis* noite após noite. Desciam do palco exaustos, como encanadores. Ganhavam muito pouco. Quando eu lhes entregava o dinheiro, perguntava às vezes: "Por que vocês contam histórias a noite toda por tão pouco dinheiro?".
Muitos diziam: "Não sabemos fazer outra coisa. Nossos avós e pais eram *hakawatis*". Um dia, porém, um dos melhores contadores de histórias que eu já tive me disse: "Pelo pagamento que os ouvintes me dão: o prazer de transformar leões adultos em crianças atentas. Nenhum ouro do mundo paga a felicidade de testemunhar essa maravilha nos olhos dos ouvintes".
"Bom, pensei muito sobre o que eu deveria contar para Salim e para vocês hoje. Claro que me lembro de algumas histórias dos *hakawatis*, mas no caminho para cá tive o desejo de contar minha própria história. Somos amigos há mais de dez anos e vocês não sabem quase nada sobre minha vida. Quero contar a vocês minha história. Ela é estranha o suficiente.
"Não sei quando eu nasci. Minha mãe contava que foi num dia muito quente. Eu era o mais novo de dez filhos."
– Espere um momento – disse Faris e foi rapidamente ao banheiro. Ali aproveitou a oportunidade e botou dois peda-

ços grandes de lenha na fornalha, e Tuma arrumou seus óculos.

Quando Faris voltou, instalou-se diante da fornalha e esfregou suas mãos frias. Junis tirou sua caixinha de rapé do bolso do colete, bateu cuidadosamente um montinho de tabaco na depressão sobre seu dedão esquerdo e inspirou-o forte, mexendo a cabeça para frente e para trás. Com seu grande lenço, assoou o nariz e voltou a se recostar.

– Bem – começou Junis novamente, depois de Faris ter se sentado –, morávamos na pequena cidade de Harasta. Naquela época ainda era uma vilinha. Meu pai era um pobre pedreiro. Eu dividia o quarto com nove irmãos, seis meninos e três meninas. Nossa casa tinha ainda um segundo quarto que de dia servia como cozinha e à noite era o dormitório dos meus pais. Não sei o que é infância feliz. Hoje, como avô, eu vivo essa infância pela primeira vez com os meus netos. Naquela época, precisávamos acordar todos os dias às quatro da manhã. Meus três irmãos mais velhos iam para a construção com o meu pai a fim de aprender o ofício. Um irmão era ajudante de um açougueiro, outro, de um padeiro e o terceiro, de um amolador de facas. Não ganhavam quase nada por isso. As meninas, assim que conseguiram ficar em pé, tiveram de ajudar nos afazeres domésticos.

"A escola era horrível. Um velho xeique ensinava mais com chutes e bengaladas do que com o Corão. Eu era, como já disse, o filho mais novo. Meu pai não abandonava a esperança de poder fazer qualquer um dos seus filhos um xeique. Ele não era religioso, mas trazia um grande respeito na vila colocar um xeique na mesquita. Eu também era enviado por ele para aquele homem velho e terrível. Porém, como meus irmãos, não aguentei mais de dois anos. Para o meu pai, era um fracasso amargo, e eu fui sua última decepção: daquele dia em diante, ele nunca mais falou comigo. Nunca mais. Por anos não respondeu quando eu o cumprimentava, e me tratava como se eu fosse vento. Para ele, eu não estava mais lá. Nem quis mais me bater. Essa última decepção o machucou demais.

"Para mim tanto fazia o que eu deveria me tornar, só não queria mais ser xeique. Preferia morrer. Aquele velho escamoso não queria deixar nenhum aluno crescer, como se ele fosse viver para sempre. Quando anos depois o ceifador de almas o levou, ninguém encontrou entre três mil moradores um único jovem sucessor que pudesse ler o Corão decentemente. Esse xeique era mesmo um homem apodrecido. Buscaram alguém em Duma para não deixar que a mesquita decaísse. O novo xeique era gentil, mas glutão. As galinhas da vila teriam todas emigrado para a América se soubessem disso. Mas essa é uma outra história.

"Bem, eu precisava trabalhar com minhas três irmãs e minha mãe no campo, que meu pai havia arrendado por um dinheirinho para poder alimentar sua grande família com o cultivo de trigo e legumes. Apenas no inverno o trabalho acalmava. A partir da primavera, a gente precisava preparar a terra toda manhã, tirar as ervas daninhas, plantar e aguar sempre. Quando os legumes ficavam maduros, colhíamos juntos as berinjelas, as abobrinhas, os tomates e os pepinos, só que eu tinha de ir sozinho ao mercado. Meu pai não queria que as meninas fossem ao mercado, embora as mulheres e meninas fizessem negócios lá também. Todo dia, levava uma caixa de legumes, mais que isso não conseguíamos colher. No início, eu levava a caixa pesada na cabeça, mas depois montei duas rodas e uma barra nela e, assim, conseguia puxá-la atrás de mim. A partir desse momento, a ida ao mercado era um prazer. Gostava de vender legumes e até esquecia o cansaço depois do trabalho no campo, com toda a agitação do mercado. Às vezes, quando eu fechava uma boa venda, me permitia tomar um sorvete no verão. Era como um banquete. Primeiro eu lavava as mãos e o rosto na fonte, então ia até o sorveteiro e pedia um sorvete em voz alta. 'Mestre', eu chamava, 'deixe a mão ser levada pelo seu coração generoso, pois minha meia piastra é ganhada com honestidade!'. Os sorveteiros riam à beça e me davam uma colherada a mais.

"Eu sempre ficava morto de cansaço, mas era difícil eu dormir enquanto vendia legumes: quando eu uma vez cochilei, roubaram-me uma berinjela.

"Uma coisa que eu odiava como a peste, isso eu digo a vocês, era a colheita de trigo que precisava fazer com minha mãe e minhas irmãs, verão a verão. O trabalho do colhedor é uma maldição para as costas e para as mãos. Os bagos precisam ser levados até a eira e lá serem debulhados. Não tínhamos nem boas foices, nem boas cordas, nem mesmo um burro. O debulho maldito queimava olhos e garganta. Queria ter uma pele de asno para aguentar melhor a dor. O sol queimava impiedoso sobre nós. Teria dado um mundo por um pouco de sombra e algumas gotas de água fresca. Minha mãe sempre ficava doente: eu apenas a conheci como uma mulher doente, mas ela nunca quis nos deixar ir sozinhos para o campo e, se ela estivesse tão fraca a ponto de não poder ir, ainda assim se sentava no meio da plantação e cantava canções para nós, encorajando-nos um pouco. Eram canções engraçadas, e eu lembro que às vezes ríamos até chorar. Preocupados com a saúde dela, pedíamos sempre que ficasse em casa, mas ela não queria nos deixar sozinhos. 'Enquanto eu puder enxergar, quero encher meus olhos com vocês', ela sempre respondia.

"Depois da colheita, ela também ia até a eira e aguentava o calor amaldiçoado. No monte onde ficavam as praças de debulho da vila, não crescia uma única árvore. Quem de nós, crianças, ficasse cansado podia ir até ela e deitar a cabeça no seu colo por um momentinho. Ela se curvava sobre nós e fazia uma sombra.

"Quando fiz doze anos, na primavera, minha mãe morreu. Corri como louco nos campos e gritei para chamá-la. Chorei e praguejei os céus. Chorei uma noite toda e fiquei por lá, nas plantações. Até hoje acredito que fiquei louco naquela noite de tanta dor. Na manhã seguinte, corri por vilarejos que nunca tinha visto antes, parando as pessoas na rua e perguntando se elas acreditavam que minha mãe estava morta. Algumas me empurravam para longe, mas encontrei refúgio com alguém que hoje conheço tão pouco quanto antes. Sei apenas que, à luz de uma sombria lamparina a óleo, o quarto parecia incrivelmente aterrador. Estava quase vazio, havia apenas um colchão e um tamborete lá, e o teto tinha uma viga grossa, estranhamente curva, no meio. Eu me encolhi num canto e olhei por muito tempo para a viga até adormecer.

"Não sei quando voltei. Minhas irmãs disseram que voltei para casa apenas um mês depois da morte da minha mãe, meio faminto e totalmente sujo.

"Quando em qualquer ano chegava a época de colher o trigo, eu construía uma pequena tenda na eira de galhos e folhas, que eu e minhas irmãs chamávamos de 'mãe'.

"E, então, eu precisava ficar o dia todo na eira. Algumas crianças do vilarejo, que eram mais bem de vida, vinham todo dia e caminhavam até a fonte. Eu as observava o dia todo e espumava de vergonha e raiva, porque eu não podia brincar. Num dia, precisei virar o trigo e vigiá-lo até o pôr do sol. Só quando escureceu, meu pai me rendeu. Ele pernoitou na eira depois de me render, emudecido. Incrível! Ele veio, sentou-se e olhou ao longe. Eu beijei a mão dele, mas meu pai me empurrou para longe dele e limpou as costas da mão. Todo dia eu tinha um medo terrível do nosso encontro, e todo dia, quando eu lhe beijava a mão, ele me empurrava para longe.

"Precisávamos vigiar o trigo dia e noite, pois ele não ficava seguro nos sacos em casa, e exigia um tempo até ficar seco. Bastava uma chuvarada, e logo tínhamos de postergar o debulho por alguns dias. Foi um tempo muito ruim. As pessoas passavam fome. Ouvíamos as histórias mais malucas, como os ladrões que levaram embora o trigo enquanto o camponês fazia a sesta, em plena luz do dia.

"Minha irmã mais velha já havia se casado, com dezesseis anos, pouco antes da morte da minha mãe. A segunda mais velha estava com quinze anos na época e precisava fazer todo o trabalho de casa sozinha. Assim, o trabalho no campo ficava para mim e para minha outra irmã, apenas um ano mais velha que eu.

"Então, um dia eu vi novamente os meninos brincarem na fonte da vila. Minha irmã estava de bom humor naquele dia, e me deixou ir até os meninos por uma hora e brincar com eles. Quando cheguei à fonte, estavam sentados em círculo, bebiam chá que haviam feito numa pequena fogueira e contavam histórias na sequência. Até então, eu nunca ouvira a palavra 'sonho'. Eu tinha, como já disse, mais de doze anos, mas até aquele dia nunca sonhara. Sentei-me com os meninos e, em algum momento, entrei na sequência e quis contar uma bela história. Pois eles riram: 'Não queremos ouvir nenhuma história, mas seu sonho da última noite!'. Fiquei apavorado. Apenas aos poucos me dei conta de por que todas as histórias deles começavam com 'Eu estava...'. Eu disse aos meninos que nunca havia sonhado.

"'Também, pudera!', disse o filho do prefeito da vila. 'Como você, um pobre-diabo, poderia sonhar? Vocês dormem em dez num quarto e acordam antes de o sol raiar. Um sonho precisa de tempo e espaço!' Enquanto eu viver, nunca esquecerei essas palavras. Naquela noite, não consegui dormir. Fui até a eira, deitei-me no chão ao lado do meu pai. Ele não percebeu, mas naquela noite sonhei pela primeira vez na minha vida. Quando acordei, meu pai já tinha ido para o trabalho. Mas o dia todo eu me senti diferente, e daquela vez em diante me alegrei de poder sonhar como as outras crianças. Noite após noite eu me esgueirava até o meu pai, e uma manhã o arranhar da sua barba por fazer me acordou quando me beijou. Apertou-me contra o peito e chorou. O mundo naquele dia virou um pedaço do céu. Logo à tarde, fui até o trigo três vezes. Não precisava, uma vez teria bastado. Mas uma nova força corria pelas minhas veias. Foi quando aconteceu a catástrofe.

"As crianças vinham, como de costume, e brincavam na fonte. Acenavam para mim, e eu sentia necessidade de ir até elas e beber chá. Tinha medo de deixar o trigo sozinho. Minha irmã fora ajudar na lavagem de roupa naquele dia. Ou seja, eu estava sozinho. Meu medo me segurava, mas minha alegria pelos sonhos que eu poderia contar aos meninos me impelia até eles. Eu estava cada vez mais confuso, até ficar quase morto pelo desejo e pelo medo. Claro, quando eu vi como estavam sentados em círculo, meu desejo venceu o medo. Fui até lá, sentei-me e contei muitos sonhos. As crianças estavam fascinadas e disseram que meus sonhos eram muito mais selvagens. Nunca haviam sonhado algo assim. Para o meu azar, sentei-me de costas para a eira lá longe. Depois de ouvir os sonhos dos outros, despedi-me das crianças e voltei a passos lentos para a eira. Era preciso atravessar um grande vinhedo e então percorrer um morro liso, girando como sobre um casco de caracol. De repente, pensei no trigo. Olhei adiante, mas não consegui ver o grande monte de trigo que ficava na nossa eira. Primeiro, pensei que me enganara de eira, mas reconheci nossa tenda de folhas: havia apenas o chão liso. Meu coração palpitou e, de repente, faltaram-me as forças nas pernas. Corri o máximo que pude. Quando cheguei à eira, quase morri de susto. Não havia nenhum galho de trigo. Corri até o vizinho, mas ninguém havia percebido nada. Correram comigo até minha eira e não acreditaram em seus olhos. Em todos os lugares, não vimos nenhum cavaleiro ou animal carregado. Sentei-me ali e chorei muito, mas, antes de o sol se pôr, tomei o caminho para casa. Não consegui mais olhar meu pai nos olhos.

"Não sabia para onde ir. Segui a via para Damasco até ficar escuro. Lá, vi um cocheiro que ainda queria levar passageiros atrasados para a cidade. Ele apressava seus cavalos, e eles galopavam como loucos. Corri atrás do coche e consegui, com um salto, segurar-me na barra traseira. Apoiei meus pés no canto do compartimento de bagagem. O cocheiro sentiu que alguém estava pendurado no seu coche, mas não tinha tempo de parar e ver, por isso chicoteou para trás e esse chicote amaldiçoado era longo e pegou nos meus braços e nas mãos como espetos de fogo. Nunca mais vi um chicote tão comprido. O tempo todo ele me batia e acertava os cavalos com o chicote. Seria melhor que eu pulasse, mas o chão embaixo de mim passava como um moedor veloz. Tentei várias vezes pousar meu pé, mas a rua ralava cruelmente meus dedos nus. De cima, queimava o chicote e embaixo, o chão veloz. Foi o inferno. Quando o coche parou em Damasco, meus braços sangravam. Eu desci, afastei-me cambaleando e amaldiçoei os ossos dos ancestrais daquele cocheiro. Agora, para não enfadar vocês, vou encurtar – falou Junis, e olhou para o círculo.

– Pelo amor de Deus, conte tudo! – retrucou Faris e, como se falasse pela alma dos outros, eles concordaram com a cabeça e murmuraram sua concordância.

– Suas palavras são como gotas d'água escassas e somos a terra sedenta – Mehdi, o Professor, exagerou, e riu ele mesmo das suas palavras.

– Muito bem. Naquela noite, encontrei rapidamente um lugar para descansar. Era um pátio e, na frente da porta, ficava sentado um cego. Cumprimentei ao passar e o cego, Deus é minha testemunha, respondeu ao cumprimento e me perguntou por que eu estava tão machucado. Contei para ele das minhas dores, e ele amaldiçoou o cocheiro cruel, deu-me água e um unguento de uma pequena vasilha, o qual aliviou as minhas dores. Eu pude passar a noite ao lado dele num pequeno colchão. O cego tinha um tabuleiro de mascate, vendia de tudo um pouco, de dedais até doces. Era muito velho, mas, quando eu lhe disse, no dia seguinte, que faria para ele as vendas de mascate, ele rejeitou. Não ficava feliz em ganhar dinheiro, mas em ajudar as pessoas que precisavam. Uma pessoa única era esse cego. Fiquei com ele por três dias. Todos os dias, seguia bem cedo e voltava apenas bem tarde. Contava para mim com empolgação como uma mulher do outro lado de Damasco se alegrou por ter encontrado o botão que procurava há anos. Tinha uma grande lata com botões. Sempre quando encontrava uma roupa velha e rasgada, tirava os botões. Havia milhares de botões coloridos e muito orgulho, como se tivesse na sua lata o tesouro de Salomão.

"Então, eu agradeci ao bom homem e perambulei por semanas na cidade. Nunca quis voltar para casa. Prometi para mim mesmo que passaria por aquilo sozinho ou terminaria como um cachorro, mas nunca mais queria ver a tristeza e a decepção amarga nos olhos do meu pai.

"Um dia, conheci Omar. Ele era tão bem vestido como um cavalheiro. Eu o vi saindo de uma alfaiataria, carregando um grande pacote. Apressei-me e lhe ofereci meus serviços. 'Alivie o peso das mãos por meia piastra, senhor!', eu gritei do jeito que aprendera com as outras crianças que ficavam comigo em torno do bazar. Havia uma verdadeira luta em cada canto do bazar Hamidiyeh. Como novato, recebi naturalmente o pior lugar. Lá havia apenas um alfaiate, e nas outras lojas eram vendidas pequenezas, como linhas, agulhas, sorvete, artigos de papelaria, ou seja, aquilo para o que dificilmente um cliente precisaria de um carregador. Os garotos mais fortes tinham lugar privilegiado diante de lojas de móveis, tecidos ou louças. Bem, naquele dia eu dei sorte e encontrei esse Omar. Tinha mais de sessenta anos, e ainda hoje não sei se encontrei um anjo, um diabo ou os dois numa única pessoa. Eu o acompanhei até em casa. Morava na rua dos Lazaristas, algumas casas depois da de Tuma. Lá, Omar morava numa casa pequena. Carreguei o pacote para ele até o lugar e ele me perguntou, quando chegamos, o que eu queria pelo serviço. Meia piastra teria bastado, mas fazer uma oferta teria sido idiota da minha parte. Tinha aprendido também com as crianças a resposta. 'O que a sua generosidade permitir', eu disse. Ele gostou e me perguntou de onde eu vinha. Brinquei que era um príncipe fugido do Saara e trabalhava como carregador para juntar dinheiro o suficiente para comprar cavalos e pagar combatentes. Ele riu e me deu de comer. Então me perguntou se eu sabia ler. Eu estava gostando daquele jogo com ele. Às vezes, Omar parecia uma criança. Eu respondi: 'Sim, mas eu me envergonharia, senhor, de mostrar as artes da minha escrita'.

"'Envergonhar-se?', ele disse. 'Não se deve ficar com vergonha da escrita, meu jovem. É uma arte nobre. Mostre-me como você escreve!'

"'Senhor, vai doer!', eu respondi.

"'Não me importo; mostre!' Mas primeiro eu queria receber meu pagamento, pois não sabia como ele reagiria. Ele me deu quatro piastras, que na época era o pagamento de um dia de trabalho. 'Agora fiquei curioso para saber por que sua escrita dói!', ele disse, rindo.

"Primeiro, chutei o traseiro dele. 'Aqui é o *a*', eu disse. Então, um soco direto no estômago. 'E assim se escreve o *b*'.

"'O que é isso?', ele perguntou, assustado.

"'Não lhe disse, ó Senhor? É a língua que aprendi com o velho xeique. Sei exatamente as pancadas para cada letra, mas não sei escrever nenhuma.'

"Em vez de ficar zangado, ele me encarou com olhos tristes. Andou para lá e para cá, observou-me com rosto sério e sacudiu a cabeça. Eu bebia a doce água de rosas em silêncio e fiquei um pouco envergonhado pelos meus trapos sujos e pés descalços. 'E você gostaria, ó Príncipe, de ficar um tempo na minha cabana até juntar dinheiro suficiente para ter cavaleiros e cavalos?', eu ouvi a voz dele e não acreditei nos meus ouvidos. Ainda hoje eu choro, quando penso..." – A voz de Junis sufocou-se em lágrimas.

Salim levantou-se rapidamente e passou para ele a caneca de água. Junis deu um gole e acalmou-se um pouco.

– Ainda me corta o coração eu ter deixado justamente aquele homem em maus lençóis – ele falou.

– Conte e alivie seu coração – falou Mehdi, e tocou o braço de Junis. – Conte! – ele implorou em voz baixa, enquanto Ali acarinhava as costas do dono da cafeteria.

– A partir de então, vivi com Omar. Ele mandou fazer roupas boas para mim e me mandou para a escola. No início, eu não sabia nada dele. Uma empregada vinha todos os dias, cozinhava, lavava e limpava, e Omar lhe pagava bem. Vivia sozinho e não queria casar. Eu podia andar pela casa toda, menos ir até o porão. Quando perguntei, depois de algumas semanas, de onde vinha o dinheiro dele, Omar respondeu: 'Da minha mina de ouro', e riu com ares demoníacos.

"Certa noite, acordei de repente. Estava muito quente. Fui até o pequeno quintal da casa para me refrescar um pouco e espiei pelo buraco da fechadura, quando o vi. Estava sentado numa mesa e derramava metal incandescente numa forma. Tirava a peça de metal reluzente que parecia redonda e dourada como uma lira de ouro de lá, lixava e polia por muito tempo.

"No dia seguinte, eu lhe disse que conhecia a mina de ouro. Ele ficou visivelmente chocado, mas eu o acalmei, dizendo que minha boca era um túmulo, e perguntei por que ele fazia apenas uma única lira de ouro.

"'Uma lira de ouro é o bastante para uma semana e ninguém vai desconfiar', respondeu ele. Uma lira de ouro teria bastado também para um mês. Omar recebera a forma fina e a receita de uma mistura genial de um velho mestre da falsificação de moedas. Ficou a vida toda se mantendo com a falsificação de uma única lira de ouro, gastando num lugar diferente a cada vez. Omar sempre ia para o norte e para o sul e trocava sua lira de ouro falsa por dinheiro de verdade, e assim vivia feliz. Nunca havia feito duas moedas de uma vez.

"Eu achava aquilo estúpido. Pensei que ele deveria fazer centenas, trocá-las e então se aposentar.

"'Assim eu nunca me aposentaria, meu rapaz', ele respondia.

"Então, vivi com ele por anos. Foram os anos mais belos da minha vida. Foi um pai para mim até o dia em que eu contei o segredo para um bom camarada da escola. Ele me disse que devíamos também fazer uma lira de ouro todo dia e trocá-la em outro lugar. A Síria era grande e ninguém perceberia duas liras de ouro falsas, e Omar não suspeitaria. Eu me recusei, mas aquele diabo maldito me atentava cada vez mais, até que concordei em fazer uma única moeda de ouro. Quando Omar viajou, esgueiramo-nos, meu camarada de escola e eu, até o porão. Aquecemos a liga amarela até ela derreter e derramamos na forma. A lira de ouro parecia feiosa, e meu medo era grande, mas o amigo disse que ele conhecia um comerciante ambicioso que compraria qualquer coisa que fosse barata. Dois dias depois, a polícia não revirou apenas a casa, mas a rua inteira. Prenderam Omar e levaram sua oficina inteira do porão. Quando um oficial lhe perguntou, entre insultos, quem havia sido o filho da puta que lhe ensinara aquilo, ele respondeu, sorrindo: 'O sultão'.

"No dia seguinte, corri até a cadeia de Damasco para vê-lo, mas ele foi tratado como preso político e não podia falar com ninguém até o julgamento, seis meses depois. Eu fui o primeiro que pôde vê-lo. Mandei falsificar documentos para que eu passasse por sobrinho dele. Desde aquele dia, meu nome também é Junis. Eu tremia quando me encontrei com Omar, mas o rosto dele se iluminou quando me viu. Disse a ele que estava morto de vergonha por denunciar a única pessoa de Damasco que havia me dado amor. Eu preferiria morrer a vê-lo definhar na prisão. Ele riu. 'Em vez de morrer e de se envergonhar a vida toda', ele retrucou, 'deve usar sua cabeça e aprender: nunca conte aos outros tudo que sabe'.

"Visitei-o todos os dias, levando frutas e rapé. Para que eu pudesse levar as coisas sem ser revistado, precisava alimentar uma fileira de carcereiros. Ele me entregava secretamente cartas que eu devia levar a endereços em Damasco. Eram casas nobres. De lá recebia as respostas que eu carregava escondido para a prisão. Nessa época, fiquei exausto, pois trabalhava numa grande cafeteria e atendia como garçom por pouco dinheiro. Economizava cada piastra do salário e das gorjetas. Sempre roubava o dono da cafeteria quando podia e comprava frutas e rapé para Omar. Depois de um mês, ele me perguntou, como quem não queria nada, o que eu desejava ser da vida.

"Eu respondi: 'Vou pensar nisso apenas quando você sair'.

"'Em dez dias eu saio', ele respondeu e riu. 'Ou seja, o que vai fazer da vida em onze dias?'

"'Quero abrir uma cafeteria'.

"'Agora ouça bem. Você vai até o porão, lá você verá uma grande placa de mármore embaixo da fornalha. Tire-a de lá e vai achar uma caixa, nessa caixa há dois sacos. Um maior, que está cheio de feno, é meu, e um menor, no qual você poderá contar duzentas liras de ouro da melhor falsificação. Nenhuma pessoa na Terra poderá diferenciá-las das verdadeiras. Você é imune à mais leve suspeita. As liras são suas, se você me prometer não deixar nenhum cliente no seu estabelecimento com fome e insatisfeito. De hoje a dez dias será quinta-feira, entendeu? Na noite de quinta-feira, você leva o saco de feno até a cafeteria ao lado da fonte, perto da Mesquita dos Omíadas. Vai se sentar na primeira fileira e ouvir a história do *hakawati*. Deus tenha misericórdia de você se não conseguir guardar esse segredo. Eu o mato. Ouviu? Mato.'

Corri para casa, empurrei a placa de mármore para o lado e lá estavam os dois sacos, mas o saco grande era tão pesado que consegui carregá-lo apenas com muito esforço na quinta-feira. Encontrei a cafeteria, e um velho *hakawati* começou com a história de amor de Antar e Abla logo que Omar entrou. Trajava uma túnica branca com um casaco preto maravilhoso e um colete de seda bordado que apenas as pessoas mais ricas de Damasco vestiriam naquela época. Naquela noite, ele não deveria nada ao mais belo príncipe do deserto. Sentou-se ao meu lado sem me cumprimentar e, quando o *hakawati* chegou ao fim da história, eu me levantei e quis sair sem me despedir, como ele havia ordenado. Foi quando ele me agarrou pelo braço. 'O que tem neste saco?', ele perguntou.

"'Feno pesado', eu respondi. Ele riu, pegou o saco e saiu. Montou no cavalo que prendera diante da cafeteria e passou por mim, cavalgando. Fui atrás dele pela rua a passos lentos.

"'A polícia com certeza fará uma batida. Onde vai pernoitar hoje?', ele perguntou.

"'Já tenho um esconderijo para os próximos anos', respondi.

"'Tudo bem, mas onde eu posso encontrá-lo? Diga-me onde você mora!', ele sussurrou.

"'Ah, senhor, duas montanhas nunca poderão se encontrar, mas as pessoas se encontram quando se procuram', eu respondi.

"'Aprendeu bem a lição. Um bom prêmio pelo tempo na cadeia. Segure suas palavras, não deixe ninguém faminto e insatisfeito na sua mesa!', ele gritou e cavalgou para dentro do manto da escuridão.

"Vim para o bairro de vocês e comprei aquele bar, na época decadente. Com o dinheiro, pude erguer minha cafeteria, que todos conhecem. Mas só com comida eu não conseguia deixar as pessoas satisfeitas. Vi como elas iam tristonhas para casa. Então, numa noite, um cliente por acaso contou uma bela história e as pessoas ficaram até mais tarde e foram com o rosto iluminado para casa. A partir de então, eu contratei, noite após noite, um *hakawati* para contar histórias na cafeteria."

– Meu Deus, e você chegou a encontrar Omar de novo? – perguntou Musa.

– Não – respondeu Junis, mas um sorriso formou-se em sua boca.

– Você ouviu. O mestre ensinou bem para ele. Nunca deve contar tudo que sabe – disse Isam, e Junis concordou com a cabeça, aliviado. Isam abriu cinco cartas e, como na noite anterior, o ferreiro quis ficar por último. Quem tirou o ás dessa vez foi o Emigrante.

8

Como um deles não permaneceu fiel à verdade, mas contou uma grande mentira.

Tuma, o Emigrante, era um homem forte, apesar de um pouco baixo. Seu caminhar era mais um saltitar, apesar dos setenta e cinco anos que carregava nas costas. Subia escadas aos pulos, como se fosse um rapaz de catorze anos, apaixonado, a caminho da casa da namorada. Quase nenhum outro no círculo de senhores parecia tão jovem e forte como esse Emigrante, cuja filosofia inteira sobre saúde consistia em tomar toda manhã uma ducha gelada, fosse no verão ou no inverno. Dizia sempre que se sentia renascido após a ducha.

Tuma vinha de um vilarejo na costa síria, próximo de Lataquia. Quando voltou dos Estados Unidos, porém, ninguém mais da sua família estava na cidade costeira. Alguns já haviam morrido, o restante mudado para outras cidades ou emigrado. Tuma permaneceu em Damasco com sua mulher, Jeannette, uma filha de emigrantes de duas gerações. Havia nascido na Califórnia, sua mãe era mexicana e seu pai vinha das montanhas do Líbano; no massacre de 1860, ele perdeu os pais e sobreviveu à sua família como único filho. Sessenta anos depois, prometeu, pouco antes de morrer, nunca mais cruzar a fronteira para a Arábia com sua filha. Por isso, ela insistiu na volta por uma cidade com aeroporto, para sobrevoar a fronteira, e Damasco tem um aeroporto.

Tuma alugou uma casa pequenina na rua dos Lazaristas. Se Jeannette não fosse tão pequena e magra, os dois nunca teriam conseguido se mexer ao mesmo tempo naquela casa de bonecas. Apesar disso, Tuma não se deixou dissuadir de construir no seu quintal de dois metros por dois a felicidade dos pátios árabes, como prometera à mulher por trinta anos. Uma fonte do tamanho de um caldeirão de sopa era o centro desta pequena selva de plantas e milhares de vasinhos de flores, que Tuma fez de latas de conserva com suas mãos habilidosas, pintou e montou tão bem que o quintal, mesmo com as muitas plantas, parecia maior. Apenas um pinguim de plástico perturbava a alegria de Tuma. O objeto cuspia água sem parar e com muito ruído no caldeirão de sopa, e não tinha vindo da América, então Salim, Mehdi ou Junis sempre recomendavam jogá-lo no lixo. Por Isam, teriam vendido a peça. Faris e Musa, ao contrário, eram da opinião de que a visão do morador glacial no meio de Damasco trazia um refresco para a alma.

Jeannette falava apenas um árabe meio capenga, mas dizia suas opiniões sem rodeios nem floreios. Nunca era o bastante para os ouvidos de Salim quando ele visitava Tuma. Gostava do frescor da fala de Jeannette. As vizinhas estimavam – não sem uma ponta de inveja – essa mulher pequena, silenciosa, sim, quase inaudível, mas cujas palavras nunca podiam ser repetidas. Ela não tinha vindo embora dos Estados Unidos com gosto, ainda mais pelos filhos crescidos que deixara lá. Porém, Tuma havia prometido para ela o céu na Terra se ela fosse com ele para a Síria: ela seria a rainha; ele, o escravo. De qualquer maneira, assim contavam os vizinhos. O teimoso Tuma nunca foi escravo, mas também respeitava muito sua esposa em público. Era o único homem do bairro que andava pela rua de mãos dadas com a mulher.

Tuma vestia, como muitos que retornavam dos Estados Unidos, um terno europeu e sempre um chapéu, que ele tinha aos montes. Belos chapéus, como os dos chefes gângsteres nos filmes americanos. E, quando no inverno Tuma trajava sua capa de chuva clara e erguia a gola, Faris sempre o cumprimentava com um: *"Hello, Mister Humphrey Bogart!"*.

Tuma tinha uma mania que nenhum dos seus amigos conseguia entender: quando alguém começava a contar uma história, ele punha os óculos dos quais precisava apenas pelas manhãs, ao ler o jornal. Quando Faris fazia alguma gozação, o que sempre acontecia, Tuma reclamava:

– Okay, você não entende, mas eu não consigo ouvir bem se não botar o óculos. Preciso enxergar os olhos e as mãos do contador de histórias.

Quando Tuma entrou no quarto, todos os amigos já estavam reunidos.

– Ah, Tuma pensa na noite dele e também em nossos estômagos – brincou Isam, abrindo um espaço na mesinha para a tigela com biscoitos que Tuma havia trazido. Salim olhou para seu convidado um pouco aborrecido. Um convidado árabe não faz esse tipo de coisa, trazer biscoitos. Tuma riu, embaraçado.

– Nos Estados Unidos – ele disse –, os convidados sempre levam alguma coisa. Jeannette que exigiu. Mandou os cumprimentos a você e quer saber se os biscoitinhos dela são do seu agrado. Fez com uma antiga receita mexicana.

Salim sorriu e pegou um, passando em seguida para os outros.

– Com esses biscoitos finos, você pode contar qualquer história para nós. Você já nos subornou – Mehdi falou e riu.

– *Okay*, todos vocês sabem que eu vivi mais de trinta anos nos Estados Unidos, mas nenhum de você jamais perguntou por que eu emigrei. – Tuma deu um gole no chá. – Eu tinha dezoito anos quando a Primeira Guerra Mundial eclodiu... – Assim o Emigrante começou sua história.

– Dezoito! – interrompeu Musa. – Você tinha no mínimo uns vinte e oito, meu caro!

– *Well*, digamos então estava com uns vinte – o Emigrante ofereceu, como acordo para continuar.

– Por mim, tudo bem – Musa disse, acenando.

– Vivíamos no subúrbio de Lataquia, quando a agência militar otomana veio atrás de mim. Fugi, mas não sabia para onde ir. Até então, a Lataquia fora meu mundo. Meus pais eram cesteiros muito pobres. Tinha um tio e uma tia que moravam em Tartus, mas eu não podia ir até eles, pois seus filhos também eram desertores, e a casa deles sempre era invadida pela polícia.

"Vaguei pela cidade e dormi com os pescadores à beira-mar. Os pescadores eram pessoas silenciosas, caladas como os peixes que pescavam. A alma deles era tão ampla quanto o mar. *You know*, eles nunca perguntavam o que você estava procurando ou o que queria. Se houvesse trabalho, eles diziam, apenas: 'Segure isso firme!' ou: 'Leve aquela caixa para lá e traga o sal para cá!'. Não falavam mais nada comigo, além dessas palavras. Porém, seus olhos espertos e cada franzida de cenho daqueles rostos curtidos contavam mil aventuras.

"Bem, éramos mais de vinte jovens que ficavam com os pobres pescadores. Por dois anos me escondi entre eles. Um dia, era verão de 1916, acordamos ao raiar do sol. Uma grande tropa de busca passava o pente fino na costa, procurando por nós. Como um bando de anjos da morte, os soldados marchavam, vindos do interior na direção do mar, e nos procuravam em cada cabana e embaixo de cada pedra. Algum delator nos entregou. Ouvi que ele receberia uma piastra por homem capturado! Quem correu foi alvejado. Eu vi as tochas dos soldados e ouvi o grito dos presos.

"No mar aberto, estava ancorado um navio italiano carregado de tabaco da Lataquia, esperando pelos documentos para partir. Corri e corri, mas os soldados aproximavam-se cada vez mais. Não havia árvore, nem arbusto atrás do qual eu pudesse me esconder. Com medo, busquei um alto rochedo e escalei. Um escorregão e cairia para a morte. Do meu esconderijo, eu via a areia plana à minha direita. Os soldados enxotavam os fugitivos para a água e batiam neles com o cabo das espingardas. Então, acorrentavam os prisioneiros um no outro, como se fossem camelos rebeldes. Fiquei deitado no rochedo. Porém, logo o dia clareou e os soldados continuaram a busca. Como punição, incendiaram muitas cabanas de pescador. Porém, pensei que meu esconderijo era seguro, até um com binóculos na praia gritar: 'Tragam o cachorro para baixo!'. Três soldados escalaram atrás de mim. Vi meu fim chegando. A guerra estava atrás de mim, à minha frente, o mar: duas monstruosidades! Eu não sabia nadar. Engraçado, não é? Morávamos à beira-mar, mas muitos dos meus amigos eram exatamente como eu, tinham medo de água.

– O ditado diz: Casa de ferreiro, espeto de pau – confirmou Faris.

Isam riu.

– Sim, também se poderia dizer: Em casa de pescador, o povo se afoga!

– *Well* – continuou Tuma –, os soldados escalaram atrás de mim, xingando. Escorregavam o tempo todo com suas botas grosseiras no rochedo deslizante. O suboficial os ameaçava com punições, caso eu escapasse deles. Talvez ainda houvesse cinco metros que nos separavam, então me levantei. Os soldados falavam baixo para mim que eu devia poupar-lhes do perigo. Eram apenas pobres-diabos que precisavam seguir ordens. Fui passo a passo até eles, mas então gritei e caí no mar. Naquela época, eu não sabia da altura do rochedo.

"*Well*, uns anos atrás levei minha mulher para a costa a fim de mostrar o lugar para ela. Como sabem, ela nasceu na América e viu nosso país pela primeira vez junto comigo quando voltei. Reconheci o rochedo. As cabanas dos pescadores mal haviam mudado. Os filhos dos pescadores trabalhavam no mesmo lugar e, talvez, com os mesmos velhos barcos dos seus pais. Quando Jeannette viu o alto rochedo, não acreditou que eu havia pulado daquele penhasco perigoso no mar profundo. Devo dizer, com sinceridade, ao ver aquele rochedo imenso, também tive dúvida. Os pescadores não conseguiam se lembrar de alguém que já tivesse pulado daquele lugar e saído vivo do mar.

"*Well*, naquela época, eu mergulhei na água e me debati. Ouvia e via apenas a água. O navio não estava longe, mas o mar me puxava para o fundo. Lutei como um insano. Hoje não sei mais quanto tempo aguentei. Eu gritava: 'Eu quero viver!', e dava braçadas e mais braçadas, até minhas forças me abandonarem. Quando voltei a mim, enxerguei rostos gentis. Pulei assustado e quis fugir, mas os marinheiros me acalmaram. Tinham observado toda a ação de busca e me visto pular. Secretamente, deixaram um barco no mar. O capitão não podia saber enquanto o navio estivesse ancorado, do contrário ele teria problemas e precisaria me entregar. No dia seguinte, contudo, o navio partiu em direção a Veneza. "*Well*, eu podia trabalhar em Veneza como estivador. Lá trabalham muitos árabes. Porém, eu queria ir para os Estados Unidos. Tinha até um primo na Flórida. Naquela época, pensei: Quer saber? Vou encontrá-lo. A América é grande, mas não pode ser muito maior do que a Lataquia, e na Lataquia era possível dizer um nome e não se levava nem um dia até o procurado ser encontrado."

Tuma riu, tragou do narguilé e passou a mangueira para Salim.

– *Oh dear* – ele continuou –, os Estados Unidos eram um pouco maiores, sim. Já cheguei a falar várias vezes para vocês das dificuldades que os departamentos de imigração me causaram. *Well*, meu primo nesse meio tempo havia emigrado de novo, dessa vez para a Argentina, em busca de trabalho. Argentina significa "terra da prata", e meu primo esperava encontrar alguma naquele grande país. *You know*, quando um imigrante precisa de algo para se agarrar, não importa se é teia de aranha ou uma viga de madeira. Vocês nunca emigraram. A gente levava uma vida dura. O pão era um cavaleiro e os imigrantes corriam a pé, esbaforidos, atrás dele. Uma maldição, isso eu posso lhes dizer.

"*Well*, vocês contaram histórias maravilhosas. Mas eu vivi tantas coisas nos Estados Unidos e quero contar a vocês apenas a verdade. Muitas vezes doía porque muitos aqui pensam que lá o dinheiro dá em árvores. Qualquer um diz, sim, nos Estados Unidos é diferente. Lá só se precisa agachar na frente das notas de dólar e colhê-las como os tomates nos campos de Damasco. Mas, quando você diz para as pessoas que não é bem assim, a maioria diz que não, que você é um idiota... Não, elas fazem você se sentir assim. Olha aquele e aquele outro, veja só, ficaram dois anos nos Estados Unidos e voltaram como milionários! Dói quando você sente o desprezo nos olhos das pessoas. Um vizinho me disse uma vez, já bêbado: 'Quem se torna alguma coisa não volta'. *Well*, isso pode acontecer para muitos, mas, quanto mais velho fiquei, maiores ficaram as saudades da minha cidade, Lataquia. Nunca tive saudades da terra natal, da pátria e dessa *shit*, mas queria voltar de qualquer jeito para Lataquia. Como se quisesse me vingar da humilhação da fuga. Você volta para dizer que é mais forte, como pessoa, do que a guerra, a fome e o mar. Mas aqui eles esperam por você com a pergunta: 'Americano, por que não comprou uma mansão?'. Ninguém pergunta o que o estrangeiro trouxe a você. Ontem à noite pensei por muito tempo naquilo que o estrangeiro me deu e me tirou. Quero contar isso para vocês. Ouçam, por favor, como se fosse uma história. *Okay?*

"O estrangeiro me fez muito rico, não em dinheiro, mas me deu uma segunda vida. Acho que, com o salto no mar, um Tuma morreu, e o outro nasceu dentro do navio. Na primeira vida, eu era um medroso; a bordo do navio fui como um leão para o Novo Mundo. O que mais se pode perder do que os pais e a terra natal? A partir daquele momento, qualquer ameaça não era mais que o cacarejar de uma galinha. No estrangeiro, ganhei uma coragem até então desconhecida

para mim. Em Lataquia, vivíamos como as abelhas, nada para si, tudo para a tribo. Isso dá proteção, mas prende também as mãos e os pés. Nos Estados Unidos, as pessoas vivem como as gazelas, cada um por si, mesmo quando caminham juntas. Você fica sozinho, mas é livre para tentar algo novo. Lá, alguém pega um barco sozinho e atravessa o rio a remo. Aqui você precisa levar no barco dois avôs, duas avós, pai e mãe, irmãos e irmãs, tias e tios, sogros e cunhados se quiser ir para a outra margem."
 – Esqueceu-se do padre e do imã – completou Faris, concordando.
 – Sem o moca árabe e o narguilé, eu não quero descobrir margens novas, eles precisam ir comigo no barco – incluiu Isam com semblante sério.
 – *Well*, não seria mal, porém infelizmente é impossível. Mas agora, de volta para os Estados Unidos! Em Lataquia, talvez eu tivesse encontrado alguns marinheiros estrangeiros no porto, mas nos Estados Unidos eu vivia com gregos, chineses, negros, poloneses, judeus, italianos e ainda mais outras pessoas, de todos os países da Terra. Lá você encontra, entre os seus camaradas de porto, estrangeiros que tinham uma vida bem diferente nas suas terras natais. Pobres-diabos e pessoas refinadas que trabalham com você no porto como carregadores, algo que na terra deles nunca fariam. Lá também encontrei, em 1921, Khalil Gibran numa leitura dramática.
 – Você quer dizer o famoso poeta Gibran? – certificou-se Faris, incrédulo.
 – Sim, Gibran. Vivíamos em Nova York. Ele era um camarada bom e tinha uma fala e uma voz que desde o primeiro momento fluíram suaves no meu coração e me encheram de

paz. Mas, durante a vida, ele foi combatido e difamado por muitos invejosos. Seus inimigos sempre cutucavam a sua vida privada. Mas que dano pode causar o cocô de uma mosca a um elefante? Na alma, Gibran era grande como um elefante. Um dia eu o encontrei num barzinho. Estava muito triste e me perguntou o que ele deveria fazer contra os seus inimigos. Eles não o deixavam um dia sequer em paz. Imagine, o grande sábio Gibran perguntou para mim, um simples trabalhador do porto, o que deveria fazer. Disse que ele deveria fazer como o meu avô. Meu avô desesperava seus inimigos porque ele andava sempre na retidão.

"Comprei todos os livros dele e pedi para que me escrevesse uma dedicatória bonita. 'Para os meus amigos Jeannette e Tuma', ele escreveu. Minha mulher o amava exatamente como eu. Quando morreu de câncer, em 1931, muitos árabes e americanos choraram por ele. Minha mulher até hoje mostra os livros para todas as visitas e diz, com razão, que são nossos grandes tesouros.

"O que a vida no estrangeiro me deu e me tomou? Well, antes de eu ir para os Estados Unidos, eu era um falastrão. Lembro ainda hoje que, naquela época, perdi o emprego na Lataquia duas vezes porque falava e cantava demais. Não sabia como a palavra era valiosa até ficar mudo no estrangeiro. As palavras são joias invisíveis, e só aqueles de quem elas foram arrancadas conseguem enxergá-las. Hoje, Salim sabe disso melhor do que nunca."

O velho cocheiro concordou com a cabeça, pensativo.

– A mudez no estrangeiro é ainda pior que a de nascença. Salim me entende bem! É uma mudez amarga, pois aqueles que são mudos de nascença podem falar com as mãos, com os olhos e com a cabeça. Tudo neles fala, exceto a língua. Para nós, estrangeiros, acontece como ao herói da história de Mehdi. Como ele se chama mesmo, Shafik?

– Não, Shafak – corrigiu Mehdi.

– Exatamente como com o Shafak, tudo no início fica morto. Aprendi tão pouco quanto Salim a falar com as mãos. De repente, eu estava nos Estados Unidos. Mas fiquei mudo por muito tempo também depois de já ter aprendido inglês.

– Por quê? – Mehdi quis saber.

– Como você vai explicar para pessoas que têm apenas uma ideia vaga do que você é? Fui para o estrangeiro com o coração de um leão e a persistência de um camelo, mas a coragem e a paciência não me ajudaram a combater a mudez. O estrangeiro me deu a língua de uma criança e logo meu coração também ficou assim. Vocês sabem, coração e língua são feitos da mesma carne. E eu contei histórias, com o coração e a língua de uma criança e com a paciência de um camelo. Fosse lá o que eu contasse, os nativos consideravam história da carochinha. Os americanos moram num país grande, mas sabem pouco do resto do mundo. Chamavam-me de turco, embora eu tivesse explicado mil vezes que a Síria é um país vizinho da Turquia. 'Tanto faz, todo mundo é turco', a maioria respondia. Contudo, insistiam que eu prestasse atenção a suas origens, que dependiam às vezes do lado da rua em que moravam. Em Nova York, grupos inimigos viviam às vezes parede a parede, e coitado de você se trocasse um lado da rua no Harlem pelo outro. Ou se dissesse a um americano que você é árabe e cristão ao mesmo tempo. Seria mais fácil para eles engolirem a lâmpada mágica do Aladim.

"Viajei de trem para visitar um amigo chamado Mahmud Elhadsh. Era engenheiro numa fábrica de equipamentos elétricos."
– Eldash de Malula? – perguntou Junis.
– Não, Mahmud era do sul do Líbano. *Well*, a viagem até ele durou trinta horas de trem. Em algum momento, um americano entrou na minha cabine. Olhou para mim de forma amigável, e eu me alegrei pela possibilidade de uma conversa com a qual poderíamos encurtar o tempo da viagem. Mas me alegrei cedo demais. "Você é turco?", ele me perguntou.
"'Não, árabe', eu respondi.
"'Tudo bem. Se é maometano, é legal. Eu me converti ao islamismo. *Ashhadu anna la ilaha illa Allah wa anna Muhammadan Rasul Allah*', o americano falou as palavras da sua confissão, mas não sabia mais do que essa frase em árabe.
"'*Okay*, muito bem, mas não sou muçulmano. Sou cristão, entende, cara?'
"'Humpf', suspirou o jovem americano, confuso, e ficou muito tempo pensativo, até olhar para mim desconfiado. 'Então, você não é árabe, é mexicano!'
"'Não, não, sou um árabe genuíno. Na minha família existe um poeta em cada geração.'
"'Humpf', ele bufou de volta, e fez uma longa pausa. 'Se você é árabe, então você é maometano, claro!'
"'Não, não tem nada de claro. Na Arábia vivem judeus, cristãos, muçulmanos, drusos, bahaistas, yazidis e ainda mais outras muitas comunidades religiosas.'
"'Humpf', resmungou ele novamente e olhou para mim, exasperado. 'Não, todos os árabes são maometanos. Eles

criaram o islamismo!' Ele estava decepcionado, como se os árabes o tivessem deixado na mão com o Islã."
— Os americanos são estúpidos ou o diabo possuiu esse homem? — Isam quis saber.
— Não, *you know*, os americanos não são nem mais estúpidos, nem mais espertos que os árabes. Vocês também não acreditariam que em Nova Iorque existem arranha-céus!
— Claro que sim, por que não? Eu vi uma foto no jornal! — confirmou Junis.
— *Well*, mas vocês com certeza não acreditarão que os americanos não negociam!
— Se eles não negociam, o que eles fazem, então, caçam moscas? — indignou-se Isam.
— Não, mas você vai numa *shop* e olha na etiqueta de preço, paga e vai embora.
— Agora você está exagerando — retrucou Isam.
— Não, no começo eu também não acreditei, mas, quando eu fiquei afiado na língua, fui até uma grande loja, de seis andares. Tudo que você quiser, encontra lá: roupas, comida, brinquedos, tecidos, tintas e aparelhos de rádio.
— É um bazar. É tudo no mesmo prédio? — perguntou Musa, surpreso.
— Sim, um bazar dentro de um prédio, só que você não pode pechinchar. Sei que vocês não acreditam, até mesmo os olhos do meu querido amigo Salim me acusam de mentira. — Salim sentiu-se flagrado e sorriu. — Bem, eu fui até lá. Queria comprar um casaco. Encontrei um e fui até a vendedora. Perguntei: "Quanto custa o casaco?".
"A mulher me olhou surpresa.

"'É só ler, *mister*, está aqui: cinquenta dólares', ela disse, amigável.

"'Está aqui, mas a vida é uma conversa, pergunta e resposta, dar e receber! Eu pago vinte', eu disse para ela, como aqui começamos qualquer barganha.

"'Dar e receber, perguntar e responder?', a mulher gaguejou, surpresa. Mas logo se acalmou e falou alto, pois pensou que eu era surdo: 'O casaco custa cinquenta. Meia nota de cem dólares!'. E, para se certificar, apontou para mim o preço na etiqueta.

"'É a sua última palavra? Eu pago vinte e cinco para você me fazer uma boa oferta.'

"'Como é? Última palavra? Vinte e cinco? Está cinquenta aqui. Cinco e zero', gritou a mulher, e desenhou o número cinquenta num papel de embalagem diante do caixa.

"'*Well*, não quero ser mesquinho e decepcionar uma jovem vendedora, então pago trinta', eu disse para ela, pois queria ajudá-la. 'Sou um cliente novo e, se entrarmos num acordo hoje, viro seu cliente cativo', completei, com aquilo que acaba com a última resistência de um comerciante em Damasco. Mas a mulher só ficava cada vez mais confusa. 'Cliente cativo? O que é isso? Estou aqui fazendo meu trabalho, cara. Cinquenta. Leve o casaco ou deixe aí', murmurou ela, impaciente.

"Fiquei irado. Mas segui o conselho do meu pai. Certa vez, ele me disse: 'Quando um comerciante for muito burro e não ceder ao seu preço, aumente a oferta um pouco e diga: vou embora. Se ele for tão idiota a ponto de não entender o sinal, saia a passos lentos. Não olhe para trás. Isso está na Bíblia! Com certeza ele vai chamar você de volta e baixar um pouco o preço'. Meu pobre pai, ele não viveu nos Estados Unidos!

Então, eu aumentei minha oferta para quarenta dólares e disse para a vendedora: 'Se você não quiser mais negociar hoje, então vou até outro comerciante e compro meu casaco lá por vinte dólares'. Deixei o casaco cair e saí, sem olhar para trás. Em Lataquia ou em Damasco, qualquer comerciante teria me chamado de volta e tentado salvar a venda, mas ela não me chamou. Em trinta anos lá, ninguém me chamou de volta. Eu desisti de pechinchar.

– Ah, não, eu não posso morar nos Estados Unidos – resmungou Isam.

– Vocês não vão acreditar também que os americanos enfeitam seus cemitérios e os mantêm limpos. Sempre que fazia um dia ensolarado, eles iam ao cemitério passear.

– Não, pode parar com a sua "verdade" e nos conte uma historinha! Passear no cemitério? – Junis gritou, indignado, e os outros balançaram a cabeça, como se estivessem com pena do Emigrante. Ali tinha acabado de colocar um grande pedaço de lenha na fornalha quando ouviu a palavra cemitério.

– Deus, livrai-nos do mal! – ele suplicou.

Apenas Faris sabia, de seu tempo de estudante em Paris, que o Emigrante não estava mentindo, mas o Ministro preferiu se calar e deixou Tuma com a ira do círculo dos senhores.

Salim também achava que Tuma estava mentindo, mas sorria pelo desespero do outro de querer vender a mentira como verdade.

– Eu juro pelos santos... – ele quis sustentar sua afirmação sobre os passeios no cemitério.

– Não jure! – Junis gritou para ele. – Não queremos que nada de mal lhe aconteça.

– *Oh, my God* – resmungou Tuma, confuso, enquanto os outros riam alto.

– Um cemitério é um lugar de morte – disse Junis, zangado –, e não de felicidade. Dê uma olhada nos nossos cemitérios! Com o tempo, eles ficam em ruínas, como os ossos que eles abrigam sob a terra. Do pó ao pó, dizem as Sagradas Escrituras, e não do pó ao lugar de passeio. Que maluco teve a ideia de fazer os cemitérios ainda mais duradouros? Os árabes preferem esquecer a morte de hoje para amanhã.

– Os americanos também, mas de outro jeito – Tuma gritou de volta. – Eles fingem que a morte não incomoda em nada, e vão até lá passear como se já tivessem se esquecido dela.

– Apenas uma vez eu fui a um cemitério para passear – disse Musa, que não gostava de brigas inflamadas. – Conhecem a história da prova de coragem no cemitério?

– Qual? – perguntou Isam, que sabia um monte de histórias dessas as quais, em Damasco, são contadas principalmente nas noites de inverno.

– Aquela com o frango! – respondeu Musa.

– Não, com frango eu não conheço nenhuma; conte, por favor! Talvez você traga o nosso Tuma para pensamentos melhores – pediu Isam e deu tapinhas no ombro de Tuma.

– Naquela aposta – Musa começou –, deveria ganhar aquele que no cair da noite conseguisse comer, no cemitério, um frango recheado com arroz, passas e pinoli. O desafiante acusava todo o vilarejo de covardia e prometia como recompensa uma grande bolsa de dinheiro ao herói que voltasse com os ossos do frango roídos. Todos os homens respeitados perderam a aposta, pois mesmo quem conseguia entrar e sentar-se ao lado de um túmulo perdia a coragem quando uma mão pálida saía da terra e queria pegar a comida. Além disso, havia uma voz que gritava do túmulo: 'Deixe-nos experimentar!'. Claro que ninguém sabia que um cúmplice do desafiante havia se escondido antes no túmulo vazio.

"Então, apresentou-se um camarada magrelo, quase esfaimado. As pessoas rolaram de rir quando ele perguntou: 'O frango está fresco?'.

"'Sim, para cada tentativa um frango fresquinho é preparado.'

"Então, o homem foi sem hesitar até o túmulo indicado, sentou-se, partiu o frango em dois pedaços e começou a devorar a carne com avidez. Quando a mão saiu da terra e a voz gritou, o homem virou-se e gritou: 'Primeiro os vivos devem ficar satisfeito, depois os mortos vão ter sua vez!'. Mas a mão tentou pegar o frango de novo. Daí o homem pulou de pé e começou a pisar na mão até o cúmplice no túmulo pedir clemência.

"O homem voltou para o vilarejo com os ossos roídos. Foi carregado nos ombros. O mais velho do vilarejo fez um longo discurso sobre o herói, mas este só arrotava e reclamava: 'Mas o frango não estava fresco'."

Tuma riu.

– Well, vocês são incorrigíveis, mas, de qualquer forma, os americanos vivem de forma diferente e acreditavam menos em mim do que vocês, quando eu contava sobre a nossa vida. Achavam que tudo era inventado. Não acreditavam que nós cavalgamos camelos e comemos figos, nem que festejamos dias a fio nossos casamentos e que choramos ainda mais os mortos, mas que nunca comemoramos aniversários.

– Por que alguém comemoraria aniversário? – interrompeu Isam. – E, além disso, se alguém souber sua própria data de nascimento, vai ficar apenas mais velho. Eu me sinto hoje vinte anos mais novo do que dez anos atrás.
– Mas, para os americanos, o *birthday* é mais importante que a Páscoa. – Tuma pegou novamente o fio da meada. – E comemorariam o aniversário no terceiro andar, ainda que um vizinho no segundo tivesse acabado de morrer. Não acreditaram que temos a profissão de contador de histórias de cafeteria. Riram da minha cara. Nem quiseram ouvir nada das saunas.
– Diga uma coisa, eles são bárbaros? – Ali disse, surpreso.
– Não, mas ninguém acredita no novo, e a gente se acostuma com um milagre quando ele dura alguns dias. Vocês não acreditariam que os americanos tratam os cachorros melhor do que as pessoas.
– Assim, eu gostaria de propor que você nos contasse uma história em vez dessa mentirada sobre americanos. Só aguentei até agora por conta dos ótimos biscoitinhos – espetou Junis.
– Não, essa história dos cachorros eu conheço da França – disse o Ministro, a quem Tuma lançou um olhar suplicante. – Os franceses não tratam os cachorros melhor que as pessoas, mas mimam muito os seus vira-latas!
A defesa de Faris, contudo, somente lançou mais lenha na fogueira. Salim até começou a bater palmas e rir.
– Vocês não vão nos deixar malucos com a França e os Estados Unidos hoje – disse Junis. – Só falta os cachorros serem servidos como clientes no restaurante. O garçom se curva diante do cachorro sarnento e pergunta: "O que o

senhor deseja, senhor cachorro, para o almoço? Nossa sugestão de hoje é minha batata da perna direita com tomilho e molho de tomate!" – Todos riram e Salim se jogou na cama, apertando a barriga. As lágrimas desciam sobre suas bochechas vermelhas.

– Ninguém falou de restaurante! Mas os cachorros nos Estados Unidos têm mais de vinte tipos de ração! – Tuma falou, irritado.

– Será que eles têm um cabeleireiro também? – provocou Musa.

– Não – Tuma mentiu e se odiou por ter quebrado sua promessa, pois decidira no caminho até Salim contar ao círculo de senhores a pura verdade do que viveu nos Estados Unidos. Por anos ele carregou esse desejo no peito. Sabia que seria difícil, mas reconheceu naquele momento que havia subestimado a resistência dos velhos.

– E um cemitério de cachorros? – Ali quis saber, de repente.

– Não, não – Tuma mentiu, cansado e desesperado.

Ele olhou para a roda e achou que Moisés, Jesus e Maomé foram felizes por não terem aqueles homens como companheiros de jornada. Então, decidiu mentir para eles.

– *Well* – ele disse e respirou aliviado –, quero contar para vocês a história de um homem estranho. Trabalhei com ele dez anos numa firma de contabilidade. Quando jovem, tinha sido muito pobre, mas um homem esperto e inescrupuloso. Durante a guerra, ficou rico e negociava tudo que podia comprar e vender. Trabalhávamos para ele. Não era um homem avarento, mas não queria saber de muito papo. Se você contasse a ele sobre uma pessoa, ele perguntava: "O que ela vende?". Se dizia que a pessoa não vendia nada, mas era

muito importante, então ele respondia: "Quanto ela custa?"'.
Não se pode contar nada para esses novos ricos sem que eles
perguntem pelo preço.

"*Well*, na hora do almoço nos sentávamos no pátio e falávamos dos nossos países. Ele, porém, ria de nós. 'Isso não vai levar vocês a nada. Só precisam conseguir negociar, comprar e vender e nada mais', desdenhava ele.

"Um dia, um imigrante de Creta pediu uma verdadeira história de amor árabe. Este homem era como o nosso Salim, amava as histórias acima de tudo. Quis contar para ele a história de Majnun e Leila, mas ele a conhecia tão bem quando a de Antar e Abla. Ouvira antes, de outros árabes. *Well*, contei para ele então sobre o destino triste de uma mulher que não queria se casar com o primo, porque amava o ferreiro do vilarejo. Meu avô tinha me contado essa história havia muito, muito tempo. Ele mesmo a viveu: era o ferreiro.

"Os trabalhadores ouviram e um até chorou, embora nunca tivesse ido até a Arábia. *Well*, Mister Wilson, assim se chamava o avarento, estava em pé na soleira da porta e parecia mergulhado em seus relatórios da bolsa de valores. Quando cheguei ao fim da história, ele gargalhou de perder o fôlego sobre os sofrimentos dos heróis. '*My dear Thomas*', assim se fala Tuma em inglês, 'que *story* boba é essa?' Então ele disse, com mais detalhes que o normal: 'Toda essa felicidade que você descreve na história engraçada de uma hora eu posso comprar em cinco minutos. Posso entrar numa banheira cheia de leite ou de champanhe. Posso comprar essa bela mulher da sua história e também o cavalo árabe. Por alguns dólares, alguém mata o pai teimoso da noiva que não aceitava o casamento. O que há de tão trágico nisso?

Por isso ninguém precisa de história; precisa-se é de trabalho duro.'

"'*Mister*, há muito que nenhum homem na Terra pode comprar', eu retruquei, com rancor, pois ele riu da vida de sofrimento e da coragem da minha avó.

"Ele riu. 'O quê, o quê?'

"'O tempo de se aproveitar a felicidade de uma rajada de vento', eu respondi e saí. Ainda tive que ouvir como ele ria desbragadamente.

"'Vento a gente faz, *my dear Thomas*! Meu ventilador custa dez dólares e cinquenta *cents*', ele berrava sempre nas semanas seguintes, quando me via.

"*Well*, o Mister Wilson teve sucesso. Interessavam a ele apenas os relatórios da bolsa e as notícias sobre a guerra e a seca. Para ele, ouvir histórias era odioso. Assim, os anos se passaram. De repente, a esposa o deixou. Ele ficou mortalmente infeliz, e nem ameaças, tampouco dinheiro puderam fazê-la mudar de ideia. Era filha de um grande e temido dono de hotel. Eu nunca tinha visto o Mister Wilson tão infeliz. Perdeu qualquer postura que antes tivesse, e seu otimismo estava arruinado. Por dias, não quis comer nada. Ficava em seu escritório, sem vontade alguma, não queria nem se lavar, muito menos se barbear. Depois de três dias, avisamos seu grande camarada de negócios, pois as outras amizades Mister Wilson não conseguia suportar. Esse Mister Eden era um *bon vivant*, e poderia ajudar bem o Mister Wilson. Correu até ele e o obrigou a acompanhá-lo numa viagem até uma ilha. *Well*, o Mister Wilson já havia passado dos cinquenta e, por mais que ele anunciasse aos quatro ventos poder comprar a felicidade, em princípio era uma pessoa infeliz que nunca se permitiu ficar em paz.

"*Well*, ele foi com seu amigo e ficou um mês longe. Quando voltou, estava bronzeado e bem-humorado. Por aconselhamento do amigo, a partir de então ele tomava um longo café da manhã todos os dias, nadava uma hora no almoço, recebia massagem toda tarde e levava uma jovem ao restaurante, ao teatro ou ao cinema a cada noite. Todos os dias ele lia, no escritório, os jornais sensacionalistas. Levávamos para ele toda tralha que era impressa em Nova York. Ele lia as páginas coloridas e ria.

"Um dia, leu que o mais caro na vida era o tempo. Era como o ouro e as joias. O Mister Wilson lembrou-se de mim e mandou me chamar. 'Você tem razão, *my dear Thomas*, o tempo é mais caro que ouro. Está aqui!' Ele me mostrou a figura de um mestre cujas mãos e força podiam prolongar a vida por anos. Seu rosto era liso como de um jovem de dezoito anos. Os olhos de Mister Wilson brilhavam, enquanto ele enumerava tudo que queria recuperar. *Well*, ele foi até esse mestre e pagou um bom dinheiro para prolongar a vida em um ano. A partir de então, o Mister Wilson vivia muito feliz. Se por acaso ou não, não sei, mas um dia depois ele se apaixonou por uma jovem; ela lhe trouxe ainda mais felicidade. Porém, não haviam passado mais do que nove meses, quando ele me chamou. Parecia preocupado de novo. Sua preocupação era o fato de ter de morrer em breve, isso estava acabando com sua felicidade. Tentou convencer o mestre a lhe vender vinte anos, mas o mestre se recusou. Podia apenas vender tempo em meses, pois os clientes estavam fazendo fila.

"Depois de alguns dias, ele ficou um pouco mais aliviado. Tinha, com grande esforço e muito dinheiro, comprado do mestre dois meses e meio. O homem milagroso tinha garantido que apenas Henry Ford ainda podia comprar alguns meses a mais.

"Well, os meses de felicidade passaram rápido e deixaram o Mister Wilson ainda mais ávido por tempo. Quando ele, dois dias antes do fim do tempo comprado, pegou uma infecção no pulmão, recusou-se a ir ao médico. Mandou chamar o mestre com mãos milagrosas, mas este havia morrido uma semana antes.

"O secretário do Mister Wilson correu até ele, na esperança de poder ainda convencê-lo de buscar um médico. Mas, quando o Mister Wilson ouviu a notícia, gritou como um animal assustado. Um dia depois, ele morreu."

Tuma olhou para o rosto pálido de seus ouvintes e um sorriso se formou por um breve momento em sua boca.

– Isso é que é uma história, meu caro! Você realmente viu o mundo! – entusiasmou-se Junis.

– É verdade – disse Musa. – Ninguém consegue inventar algo assim. Precisa ter vivido!

– Não por acaso o grande Napoleão disse que é necessário passar três anos no estrangeiro para se tornar homem – completou Faris.

– Napoleão falava bem demais – respondeu Tuma, ríspido. – Com certeza ele não disse isso no porto de Nova York ou no rio Hudson num dia chuvoso e de frio cortante, onde você amaldiçoa a hora em que nasceu.

Por muito tempo os amigos conversaram sobre a felicidade e o tempo, mas Tuma não ouviu nenhuma palavra. Remoía sua decepção, pois os outros acreditaram fácil naquela mentira, que ele inventou a partir de uma pequena nota do New

York Times com o nome de presidentes e ministros, e ainda por cima a elogiaram.

Pouco antes da meia-noite, Isam quis abrir as cartas, mas o velho barbeiro deu um tapinha no ombro dele.

– Deixe, meu amigo. Depois de histórias ótimas como estas, a gente fica com uma vontade louca de contar as nossas. Amanhã eu serei o ás voluntário, se vocês não tiverem nada contra.

O Ministro e Isam não tinham nada contra. Ali, o ferreiro? Este gritou, aliviado:

– Que maravilha!

9

Como alguém que ignorava todas as mentiras do mundo não viu a verdade diante do próprio nariz.

Se, no fim dos anos de 1950, alguém perguntasse a um transeunte na cidade antiga por Musa, o barbeiro, com certeza receberia como resposta outra pergunta: "Você diz o criador de pombas ou o sovina?". Como o amigo do cocheiro não possuía nenhuma pomba, não seria difícil adivinhar a fama duvidosa que Musa desfrutava na cidade. No entanto, como sempre acontecia, essa fama era injusta. Em Damasco, as línguas ferinas faziam pouca diferença entre pobreza cuidadosamente escondida e avareza flagrante. Musa era pobre, muito pobre mesmo. Tinha uma família grande para alimentar. O corte de cabelo, depois de meia hora de luta com os arbustos capilares mais selvagens, trazia-lhe apenas meia lira. Uma barba trazia um ordinário quarto de lira. Ele se esfalfava uma hora inteira para ganhar três quartos de lira. Depois disso, ficava exausto e, no entanto, alegrava-se quando um segundo cliente não deixava esfriar a cadeira de barbeiro. Dia após dia, Musa sacrificava-se, exceto na segunda-feira, e com o dinheiro conseguia apenas manter a fome longe da soleira da porta.

Em Damasco, ninguém via a pobreza num barbeiro. Em seu jaleco branco, sempre barbeado, perfumado e com cabelos untados, brilhava como um senhor de posses. Se ele ainda fosse como Musa, algo corpulento, então nenhuma força do mundo poderia convencer os damascenos de que ele era pobre. Ser gordo na Arábia era considerado sinal de riqueza. Não é de se estranhar, pois a maioria dos árabes quase não tinha o que comer e levava uma vida tão dura que, sob o sol escaldante, mal conseguia manter um grama de gordura a mais sobre os ossos. Apenas aqueles que viviam confortavelmente nos palácios ficavam gordos. Por isso, era quase a regra que todos os atores de cinema e as dançarinas do ventre se entupiam de comida para ficar cheinhos e emanar prosperidade.

Musa não era apenas gordinho. Também untava os cabelos e os dividia ao meio. Seu sorriso expunha duas fileiras de dentes brancos perolados, que eram visíveis a uma grande distância, como se ele fosse mesmo um ator bem-alimentado. Quem poderia acreditar que aquele barbeiro, toda manhã, tinha até mesmo que classificar os clientes? Os primeiros três para o aluguel, os próximos dois para os legumes. Um cliente para o sal, açúcar e chá, e dois para pagar os medicamentos e as roupas das crianças. Se viesse mais um cliente, talvez pudesse haver um pouco de carne, e, se Musa tivesse sorte, viria um senhor generoso e lhe daria ainda um quarto de lira de gorjeta, que ele gastaria de imediato para as frutas que levaria naquele dia para casa, feliz e orgulhoso.

Como já dito, Musa nunca economizava com óleo e tintura preta para os seus cabelos. Fofocava-se no bairro que ele seduzia as jovens, mas era exagero. Uma única vez, havia mais de quarenta anos, ele seduziu uma jovem... com quem se casou.

Por um barbear, Musa conseguia todos os dias um cravo vermelho do vendedor de flores, o que confundia de uma vez por todas a vizinhança, pois apenas o milionário Georg Sehnaui e Farid Elatrash, um cantor famoso de família nobre, levavam um cravo na lapela. No entanto, Musa parecia se divertir com a confusão dos vizinhos.

Naquela noite, todos estavam ansiosos pela história do barbeiro. Sabia-se em todo o bairro que ele era um péssimo barbeiro, mas um bom contador de anedotas e histórias curtas, e seus clientes aceitavam o corte de cabelo ruim e às vezes um corte ou outro na pele para desfrutar a arte de contador de Musa, ou mesmo para lhe contarem uma história, pois era o portador dos segredos do bairro. Era um túmulo, do qual ninguém conseguia arrancar uma palavrinha sequer.

Quando Musa entrou no quarto do velho cocheiro, Salim e seus amigos surpreenderam-se com a velha pasta de couro marrom que trazia na mão, mas de imediato retomaram sua discussão.

– Em todo lugar dizem: "Fale baixo; as paredes têm ouvidos". Se as paredes recebem ouvido, a gente perde a língua – Junis rugiu para o Ministro.

– Mas o que tem a ver isso com o radiotransistor? – este quis saber, furioso.

– Eu não sei, mas esses malditos tempos começaram com o demônio-transistor... – resmungou Junis.

– Essa é minha impressão também – confirmou o Professor.

– No passado, as pessoas brigavam umas com as outras, mas entre iguais. Hoje o radiotransistor infestou o país como um enxame de grilos. Em qualquer quarto há um rádio, até mesmo onde não tem energia elétrica. O governo alcança você até na estepe mais distante e diz a única verdade válida. Não existe nenhum muro mais entre o governo e seus súditos. O presidente e seus auxiliares sussurram e gritam o que pensam para todos, direto no ouvido, como se fossem camaradas. Não é? Vocês me entendem? Pois todos são, meu caro Faris, pobres-diabos sem esse rádio portátil. O homenzinho ouve uma vez o presidente Nasser contar piadas, sim, piadas, e Nasser fala com o cidadão sorridente no aparelho; ele diz, ria mesmo, meu caro: "Posso contar a próxima piada sobre o aumento de preços?". Ninguém antes de Nasser conseguiu zombar do povo dessa maneira.

– Vamos agora deixar Musa contar sua história! – interrompeu Faris.

Ali e Salim o apoiaram com um menear de cabeça explícito.

– Posso finalmente começar? Sou o mestre desta noite, não é? – intrometeu-se Musa sem rodeios. – Tenho a sensação – disse, quando Salim lhe passou o copo de chá – de que ensaboar os músculos do rosto relaxa, e por isso os clientes me contam coisas que não diriam nem às suas mulheres, nem ao seu padre confessor. Porém, muitas dessas coisas também são chatas, e é necessária uma paciência de Jó para colher algo que preste.

– Eu cortaria logo se a história não fosse interessante – lançou o professor.

– Sim, sim, eu também – disse o barbeiro –, mas acho que todos somos maus ouvintes, pois ficamos mal-acostumados pelo Salim com as histórias fantásticas. Qualquer um consegue ouvir histórias empolgantes, mas um bom ouvinte é um garimpeiro que busca pacientemente o metal almejado no meio da lama. Porém, eu queria falar menos do ouvinte e mais do contar histórias.

"Sim, quando comecei como aprendiz, meu mestre me disse: 'Um barbeiro conta ao cliente aquilo que ele gostaria de ouvir'. Na minha opinião, é um conselho bem-difundido para maus barbeiros. Eu contava apenas o que *eu* queria. Sob a minha tesoura, todas as cabeças são iguais, seja a de um juiz ou a de um pobre-diabo. Nunca tive medo de contar histórias, pois quem estava com lâmina era eu, não o cliente.

"E hoje à noite quero contar para vocês uma história curta sobre a mentira, pois eu sei que meu amigo Salim ama a mentira. Se não incomodar, gostaria também de cortar os cabelos do amigo. Uma tesourada e uma palavra, uma penteada e uma frase. Assim me sinto mais à vontade, e faz uma eternidade que Salim não corta os cabelos."

Salim revirou os olhos como se preferisse ficar mudo a se entregar às lâminas do barbeiro.

— Não tenha medo, meu caro Salim — consolou Ali, o ferreiro. — Fico sentado na sua frente e, se ele cortá-lo, então você fecha os olhos e eu dou um soco em Musa que vai grudar ele lá atrás, do lado da foto da sua mulher na parede.

A risada dos outros encorajou Salim, e ele se sentou no meio do cômodo, depois de Junis colocar um jornal embaixo da cadeira para que o cabelo cortado não entrasse no tapete. Com atitude, Musa tomou seu avental de barbeiro branco como a neve e envolveu Salim numa capa amarronzada. Então, ordenou cuidadosamente suas tesouras, escovas e uma velha máquina de cortar cabelos sobre uma toalha que ele havia estendido sobre a cama. Musa sentiu-se bem como há muito não se sentia. Estalou sua tesoura Solinger algumas vezes no ar, juntou um tufo de cabelo do cocheiro com o pente e cortou-o, entusiasmado.

— Sim, contaram-me que Damasco viu tantos soberanos quanto o número de pedras de suas casas, mas o menor monte de argamassa e a menor pedra vivem mais que o homem. – Musa tomou um segundo tufo, apertando o pente contra o couro cabeludo do cocheiro.

– Cuidado! – Ali gritou.

– Salim tem que viver muito tempo! – Isam lembrou o barbeiro.

– Minhas mãos não são mais como antes – continuou o barbeiro, prestando mais atenção ao corte seguinte. – Sim, como eu estava dizendo, Damasco é uma cidade antiquíssima. Seus soberanos raramente morreram na cama, mas o rei cuja história vou contar-lhes viveu muito e, então, chegou ao leito de morte. Quando a morte tocou de leve seus pés, mandou chamar seu único filho, o príncipe Sadek. O príncipe veio e se pôs ao lado da cama real. O rei pediu, com voz baixa, para ficar sozinho com o filho e, de imediato, os ministros e criados deixaram os aposentos reais.

Salim contorceu-se, mas Ali desta vez não percebeu, pois estava colocando um pedaço de lenha na fornalha. Quando Salim sentiu de novo uma pontada atrás da orelha, ergueu a mão de repente.

Isam riu.

– Olha só, Musa, mesmo que Ali não esteja cuidando, você não pode matar nosso Salim!

O barbeiro continuou a cortar e estalar a tesoura.

– Oras, faz parte. O cabelo dele é desgrenhado. Puxa apenas um pouco – disse, mas embebeu uma bolinha de algodão com colônia pós-barba e tampou o lugar ferido. – Sim, então o rei, que estava no leito de morte, falou para o filho: "Meu filho, logo vou deixar este mundo e bater à porta que aparece para nós, homens, apenas uma vez. Vai herdar um reino poderoso. Tenha piedade dos seus amigos se eles comerem do seu prato, e dos seus inimigos, quando caírem nas suas mãos. Seja amigos dos bandoleiros e ladrões, mas proteja-se dos mentirosos. Eles são sua morte mais lenta". Assim falou o rei e expirou a alma do corpo.

"'O rei está morto! Viva o rei!', gritaram os mensageiros em todo o país.

"No dia da subida ao trono, o rei Sadek não contava dezoito anos. Era impiedoso com amigos e inimigos. Não passou sequer um ano até Damasco se transformar numa cidade miserável. As pessoas passavam fome, mas o rei Sadek pouco se importava com isso. Ao contrário, anunciava que, a partir daquele momento, queria aprender todas as mentiras do mundo. De manhã até tarde da noite, ele ouvia dos mestres mentirosos todas as mentiras até então conhecidas, fossem sobre raposas, pessoas, gênios ou elfos. Sim, por trinta anos o rei aprendeu de cor as mentiras de árabes, judeus, indianos, gregos e chineses. Por trinta anos, pagou generosamente por elas, até saber de cor mil e uma mentiras. Quando comemorou trinta e um anos do seu reinado, o rei gritou: 'Nenhuma pessoa da Terra conseguirá me contar uma nova mentira!'.

"'O quê?', retrucou o bobo da corte. 'Mentiras e gafanhotos são parentes. Se vier aqui uma pessoa da Terra, virá acompanhada de sete mentiras e sete gafanhotos. Ninguém consegue viver o bastante para contar todas essas mentiras e gafanhotos', explicou ele."

– Um homem sábio, este bobo. É claro que nosso governo é feito apenas de gafanhotos mentirosos – disse Faris. Salim balançou com uma risada e, se Musa não estivesse atento, o velho cocheiro ganharia um segundo corte na pele. E Ali riu muito alto.

– Mais baixo – repreendeu Junis. – Ontem levaram o filho da parteira Um Chalil porque ele falou de uma banana – contou ele.

– Por causa de uma banana? – surpreendeu-se Musa.

– Ele estava com uma banana verde e reta na mão. Uma banana pequena assim, estranha; sabe lá o diabo onde ele achou aquilo. Estava bêbado e gritou: "Posso dizer para vocês por que as bananas não podem mais ser compradas do vendedor de frutas. Vão entrar na linha do governo, essas coisas tortas. Tenho uma banana desertora aqui. Ela ainda cheira como banana, mas parece mais um pepino!". Estava na frente do restaurante do meu filho, falava alto e confuso e ria. Os vizinhos tentaram arrastá-lo para dentro, mas, de repente, dois oficiais do serviço secreto apareceram. Eles bateram no rapaz e o levaram embora.

– Que miseráveis – suspirou Tuma.

– Sim, onde eu parei? – perguntou Musa e, sem esperar resposta, continuou: – Muito bem, o rei Sadek pensou que já tinha ouvido todas as mentiras e nada mais no mundo poderia surpreendê-lo, então aquele bobo da corte lhe disse que as mentiras e os gafanhotos são parentes, pois nenhuma pessoa no mundo podia contá-los. Sim, foi aí que parei.

"'Pois bem', ordenou o rei ao seu bobo da corte, 'mande anunciar que qualquer um que me contar uma nova mentira receberá seu peso em ouro. Mas, se não conseguir me surpreender, sua cabeça rolará!'

"Dito e feito! A notícia correu tão rápido quanto o vento, até a Índia e a China, e os mentirosos e os adivinhos foram correndo para regalar-se com ouro, mas tudo que contaram não conseguiu surpreender o rei.

– Feliz ele que não conheceu nosso governo, senão teria entregado seu ouro todo. As mentiras aqui têm início, mas nunca têm fim – espetou Faris.

– Vamos deixar Musa contar, sim? – Tuma pediu.

– Sim, como eu disse – o barbeiro continuou –, os mentirosos e adivinhos de todos os países tinham grande esperança e vieram aos montes para Damasco. Mas, para tudo que contavam, se tinham feito uma vaca chupar um ovo ou se descreviam cidades onde os melões ficavam do tamanho de um camelo, o rei respondia, enfastiado: 'O que tem de novo aí? Esta é a mentira número setecentos e dois ou a número treze!'.

"Cada mentiroso tinha apenas uma hora, mais o rei não ouvia. Assim que o último grão de areia caía de sua ampulheta, ele abanava a mão e entregava o mentiroso ao carrasco.

"Essa notícia correu o mundo de tal forma que muitos mentirosos e adivinhos deram meia-volta quando ouviram que o rei achava todas mentiras comuns e que por isso deixou os mentirosos uma cabeça mais baixos. Nenhum dos miseráveis sequer botou os olhos no ouro.

"Depois de alguns anos, ninguém mais ousava contar uma mentira para o rei, nem seus ministros, tampouco sua mulher. Assim, o rei Sadek ficava sentado, orgulhoso, em seu trono e ria do bobo da corte. 'Vê, a porta está aberta, mas ninguém entra. Onde estão os gafanhotos?'

"'Mas Vossa Majestade sabe mesmo de tudo', choramingava o bobo da corte, subserviente.

"Assim, enquanto o rei fazia graça do seu bobo da corte, um homem muito magro vestindo camisa esfarrapada entrou no salão. Os convivas presentes, ministros, príncipes e sábios, riram alto até o rei erguer a mão. 'Fale, estrangeiro!', ordenou ele.

"'Salam Aleikum, todo contador de histórias deve primeiro falar, e então pode vir tudo o que quiser', disse o homem, sem qualquer temor.

"'Aleikum Salam', respondeu o rei. 'E agora o tempo está correndo, estrangeiro', ele completou, e virou a ampulheta.

"'Tenho fome. Há uma semana não coloco uma gota d'água no corpo e, quando meu estômago está vazio, nenhuma mentira surge na minha cabeça, mas apenas nomes de pratos dos mais deliciosos', argumentou o homem, e, como se ele tivesse contado uma piada, o rei riu. 'Vejo que, se você continuar com gracinhas, logo ficará sem sua cabeça', disse ele, para entusiasmo de seus convidados, e pediu para servir uma mesa muito farta para o homem.

"'Preciso primeiro desfrutar a comida, então vencerei Vossa Alteza num estalar de dedos. Mas posso, ó príncipe dos fiéis, chamar minha esposa aqui? Ela está faminta há uma semana e um dia, pois me deu sua última refeição', disse o homem, de forma tranquila.

"A coragem dele agradou o rei, que lhe realizou o desejo. Uma mulher pequena entrou na sala. Era mais magra que uma sombra. Sem dizer palavra, ela se sentou ao lado do marido e comeu com ele, vagarosamente.

"'Ó, poderoso rei, agradeço a comida; nem com o imperador da China desfrutei algo assim. Precisas saber, chinês é uma das minhas centenas de línguas. Também sei falar com homens e animais. Um asno pode me entender melhor que tu, ó rei dos fiéis.'

"'Mentiroso desavergonhado!', gritaram muitos convidados, mas o rei sorriu. 'É a número trinta e cinco, e, se continuares me enfarando assim, em meia hora vais conversar com os peixes.'

"'Ainda não ouviste nada de tudo que vivi', continuou o homem, inabalado. 'Acalma-te, ó rei, cada coisa a seu tempo, pois a primavera desabrocha sua beleza de forma tão encantadora apenas porque existe um inverno antes dela. Agora, quando eu estive com o imperador, ele fazia guerras. Numa delas, três mil flechas o atingiram. Mas as flechas não puderam feri-lo, pois eu esfreguei nele leite de formiga. Toda manhã eu ordenhava minhas formigas. Mas o leite de formigas não pôde salvá-lo da casca de banana. Ele escorregou, estatelou-se e morreu na hora. Os chineses me expulsaram e, assim, migrei com a minha mulher e sofri com a fome. Fiquei tão magro que o vento cantava canções entre minhas costelas. Quando o anjo da morte ouviu a melodia dos meus ossos, teve desejo pela minha alma. E veio buscá-la. Mas ele precisou me procurar por muito tempo, pois eu estava tão magro que não tinha mais sombra. Eu queria viver; o anjo da morte, por sua vez, não queria voltar de mãos vazias. Então, cerramos uma luta encarniçada, ele com sua foice e eu com meu amor à vida. Três horas durou a luta até eu matá-lo.

"'Ultraje!', gritou um sábio, indignado."

O barbeiro penteou os cabelos do cocheiro sobre a testa.

– Aqui na frente um pouco mais curto, não é?

Salim fez que sim com a cabeça. Para ele, tanto fazia. Queria apenas saber o que aconteceria com aquele mentiroso safado.

– Bem, como eu já contei – continuou Musa –, quando o homem disse que tinha matado o anjo da morte, um sábio religioso gritou, zangado: "Ultraje!", e: "Mentiroso!", gritaram os outros convidados. O rei não encontrou em sua lembrança nenhum número para essa mentira única: tinha ouvido muito sobre mentiras com as quais as pessoas haviam enganado o anjo da morte para prolongar seu tempo na Terra, mas ninguém chegou a ponto de matar a ceifadora imortal. O bobo da corte, contudo, quis ajudar o rei. 'Tu estavas lá também, não é?', ele perguntou para a mulher, e riu.

"A mulher não respondeu.

"'Fala agora, sim ou não?', gritou o rei, nervoso.

"Tenhas piedade! Ela não pode falar', disse o homem. 'Também, como poderia? Desde que viu minha luta com o anjo da morte, está cega, surda e muda.'

"'Tu me venceste; nunca ouvi algo assim. Deverás receber teu peso em ouro', falou o rei.

"'Majestade, meu tempo ainda não acabou, e ainda não libertei a maior mentira da gaiola', disse o homem, com a alma em paz. Um murmúrio correu entre os presentes.

"'Mas vais perder a cabeça se, no último grãozinho de areia, a hora terminar sem que você minta para mim com sucesso mais uma vez. Isso ninguém conseguiu ainda', o rei advertiu o valentão.

"'Tenho certeza do que faço. Acalma-te, ó rei dos fiéis. Bem, depois da luta com o anjo da morte, fiquei faminto. Procuramos alimento por três meses até acharmos uma uva-passa. Acalmei minha fome com um terço. Minha mulher comeu o segundo terço e, com o terceiro terço, abri uma adega de vinhos nas proximidades de Aleppo. Eu podia vender o quanto quisesse, mas os barris de vinho continuavam cheios.'

"'Vinte e dois!', gritou o rei.

"'Um dia', continuou o homem, 'convidei o rei de Aleppo a minha casa'. Quando ele chegou, senti a preocupação dele, que me contou aos prantos amar um peixe. Mas o peixe não correspondia ao seu amor e chorava no lago.'

"'Seiscentos e catorze', triunfou o rei e olhou para a areia. Não mais que quinze minutos separavam o homem da morte.

"'No dia seguinte, fui ao palácio real. Lá, ajoelhei-me diante do laguinho e chamei o peixe. Ele veio, ainda aos prantos. Perguntei-lhe por que ele chorava. 'Quero ir para casa', o peixe me respondeu, 'o rei me mantém preso aqui. Não sou um peixe, mas uma princesa. Como posso ter algo com um rei estúpido que não sabe fazer nada melhor no seu grande reino além de se apaixonar por peixes? Liberte-me e não vai se arrepender. Beije-me!'

"'Embora eu não consiga suportar peixe, tirei-o da água e beijei aquela boca escorregadia. Contudo, em vez de uma princesa, surgiu nas minhas mãos uma tartaruga. 'Não se decepcione, meu jovem. Sou a princesa da Ilha Wakwak. Quando entramos no estrangeiro, transformamo-nos em tartarugas. Nosso lar vive em nós e nós vivemos nele. Leve-me ao meu lar e meu pai fará de você um homem rico!'

"'No manto da escuridão, escapamos dos guardas do palácio. Despedi-me da minha mulher, porque ela não sabia nadar, e mergulhei na água. A tartaruga estava nas minhas costas e segurou firme meus cabelos com a boca. Não podia falar. Às vezes, uma palavra traz a morte. Cruzei os sete mares. Ela não falou palavra, mas eu ouvia no silêncio do oceano seu coração pulsar. No sétimo domingo, chegamos à ilha de Wakwak. Lá era verão, quando para nós era inverno.'

"'Cento e quarenta e sete!', triunfou o rei.

"'Quando chegamos à superfície, a tartaruga disse: Obrigada, bom homem! Cheio de medo, virei-me. Uma mulher com a cabeça e as asas de uma ave-do-paraíso emergiu do casco da tartaruga. Ergueu-se no ar e voou até mim. Fui recebido como um herói. Os wakwakis são homens-pássaros. Têm cabeça e asas de pássaro e corpo de gente. São muito hospitaleiros com estrangeiros, principalmente quando um estrangeiro como eu chega nu e sem abrigo. Mas fiquei horrorizado com eles. Seus pardais eram grandes como elefantes, e cada um comia dois leões de café da manhã. Seus crocodilos pipilavam como canários e os asnos tocavam harpa.'

"'Quatrocentos e três', disse o rei, ríspido.

"'E como os wakwakis comiam, ó rei, com certeza o senhor nunca ouviu. Cordeiros, galinhas, gansos e porcos corriam por lá e gritavam: Por favor, desfrute-me! Por favor, coma-me! E quando um escolhia segundo sua vontade e devorava a carne macia com prazer, precisava apenas dizer aos ossos: Vá! Já acabei contigo, e então surgia um cordeiro, um ganso, uma galinha ou porco e gritava: Por favor, coma-me!

"'Seiscentos e vinte e dois', acenou o rei com desdém.

"'Muito bem, o rei da ilha de Wakwak me condecorou com todas as honrarias na recepção e me proporcionou uma hospitalidade magnânima. Como recompensa, deu-me uma luneta para que eu pudesse ver os planetas. Eu conseguia ver até mesmo a comida na mesa das criaturas do espaço.'

"'Noventa e sete', comentou o rei.

"'Agora, o mais importante, meu rei. Adivinhe quem eu encontrei na ilha?', perguntou o homem, imperturbável.

"'A mim?', brincou o rei.

"'Não, a mãe de Vossa Majestade. Ela estava lá na prisão.'

"'Majestade!', gritou um dos sábios. 'Até onde irá sua paciência? O homem é um canalha incrível!'

"'Acredite ou não, ó rei. Eu a libertei da prisão com o fio da teia de uma aranha e a escondi no meu palácio, onde meu asno, noite após noite, elimina a preocupação dela tocando harpa. Fiquei quinze dias como convidado na ilha. Minha mulher disse que haviam se passado quinze anos. Um ano feliz passa mais rápido que um dia, e uma noite cheia de preocupação se transforma em uma eternidade. Na décima quarta noite, eu estava sentado ao lado de sua mãe, ó rei. Ela estava muito triste. Perguntei-lhe o motivo. Suspirando, olhou para o asno que tocava harpa para ela. Vê este asno?, ela me perguntou. Ele tem mais juízo que meu filho!'

"'Que vergonha de ti, pobre fanfarrão!', gritou, então, a mãe do rei, zangada. Mas o rei ergueu a mão. 'Trinta e três', disse ele, apenas.

"'Eu não acreditei, mas ela respondeu: Tu não encontrarás meu filho. Se tiveres este azar, entenderás minhas palavras. Ele é mais idiota do que um asno.'

Musa pegou a grande escova e escovou os cabelos cortados dos ombros do cocheiro. Ele se virou para Ali.

– Passe-me a tigela com um pouco de água morna do caldeirão para que eu possa ensaboar este porco-espinho. Sim, o homem xingou o rei de asno e continuou: "Cheio de curiosidade sobre como andavam meu país e seu rei, eu voltei. Preciso dizer, sua mãe estava errada, pois graças a Vossa

Majestade, ó rei, a vida no seu reino é um paraíso. Às portas de Damasco vi dois anjos que choravam. Tinham acabado de cair".

"'Por que chorais?, eu perguntei.

"'Desde que o rei Sadek transformou Damasco num paraíso maravilhoso, ninguém mais quer ir para o céu. Ficamos sem trabalho. Estrangeiro, não entre, tenha piedade de nós e morra antes de entrar em Damasco.'

"'Mas eu não queria morrer. Entrei na porta leste do seu tesouro. Ó rei, logo na porta um dos seus soldados me parou, beijou-me e me deu boas-vindas com pão e mel. Fiquei surpreso com esse novo costume, mas o soldado disse que o rei Sadek havia ordenado. Em todos os lugares, as pessoas reluziam de felicidade, e os pobres não receberam esmolas dos seus vizires, não, ó rei, eles receberam de volta a terra que Vossa Majestade, dia a dia, ano a ano, distribuiu aos seus parentes.'

"'Isso é mentira', gritou o rei indignado e reconheceu, assim, o seu fracasso.

"'O homem ganhou um segundo peso em ouro', ironizou o bobo da corte, não sem alegria.

"'Os camponeses receberam cavalos e ferramentas para que pudessem ajudar a si próprios. Eu mal conseguia caminhar em todo esse esplendor. Olhei boquiaberto os abençoados e fiquei parado, como se tivesse criado raízes. De repente, um bêbado trombou em mim e xingou minha mãe e meu pai, sem motivo. Era o filho desse ministro que está sentado ao seu lado, Vossa Majestade. Mas sua origem nobre não o ajudou. Um juiz mandou chicoteá-lo. Mas antes, esse juiz leu para ele a sua lei, onde até mesmo Vossa Majestade deve ser chicoteado caso seja injusto com algum dos seus súditos.'

"'Que mentira maldosa! Nunca promulguei nenhuma lei assim', urrou o rei, e os convidados riram. O bobo da corte ergueu-se e disse: 'Três vezes este rufião em ouro, que má sorte o rei teve hoje!'. O estrangeiro continuou, com rosto impassível. 'Rei, ó criador de todas as benesses em Damasco! Eu passeei um dia inteiro na cidade. Quando perguntei aos passantes sobre cadeias, eles riram de mim desbragadamente. Para que um paraíso precisa de cadeias? As crianças ouviram pela primeira vez a palavra fome da minha boca. Minha língua devia ficar paralisada por ter molestado os ouvidinhos das crianças com essa palavra. Sim, numa terra dessas, assim eu disse para a minha mulher, eu gostaria de ser rei. Tudo corre como pelas mãos de um anjo. Se eu fosse rei, eu não teria mais preocupações e gastaria meu tempo ouvindo mentiras e deixando ouro e cabeças rolarem. Por que não?'

"'As palavras de sua mãe, porém, não me deixavam em paz. Eu precisava olhar com meus próprios olhos por que sua mãe havia xingado Vossa Majestade; afinal, só raramente as mães falam mal dos filhos na frente de estranhos. Fui até a guarda palaciana e pedi autorização para vir até aqui. O rei não recebe cães sarnentos, o guarda respondeu. Mas eu vim de cabeça erguida pela porta até aqui. Pois o guarda ergueu a espada e me atingiu. Como o pobre camarada também sabia que justamente no dia de hoje eu me esqueci de me cobrir com leite de formiga? A espada atingiu minha cabeça e eu caí, morto.'

"'Tu mentes', gritou o rei, 'ainda estás vivo!'

"'Quatro vezes em ouro', gritou o bobo.

"'Vivo? Chamas isto aqui de vida? Perdão, ó rei, sua mãe tinha mesmo razão!', disse o homem, levantando-se e saindo com a mulher.

"'Espera! Ganhaste quatro vezes seu peso em ouro!', gritou o rei. O homem não olhou para trás.
"Sim, esta é a minha história. Hoje eu a confiei a vocês, escondam-na bem e contem ao próximo. Já você, caro Salim, fiz sua barba sem um único corte. Viu, não é inédito?"

Quando Salim se levantou, Ali pegou o jornal cheio de cabelos cortados, fez dele uma bola e levou-a até o lixo, lá fora.

– Está cansado? – perguntou Tuma. Salim sentia-se novo depois do barbear. Os amigos ficaram ainda muito tempo juntos, divertindo-se com histórias sobre as mentiras do governo. Quando o relógio da torre bateu doze vezes, Musa bocejou alto. Isam abriu três cartas.

– Não restam muitas! – ele se divertiu. Ali reclinou-se para trás.

– Você é o mais velho de nós três. Se houvesse respeito ao mais velho, o ás tinha que pular na sua mão.

O ex-Ministro concordou com a cabeça, rindo, pois também queria dar prioridade a Isam. Este olhou as três cartas e decidiu-se pela da direita. De fato, era o ás de ouros. De longe, veio um estrondo, como se cavaleiros selvagens estivessem a caminho de Damasco.

10

Como alguém perdeu a visão quando mordeu o próprio olho.

Isam, o ex-presidiário, não precisaria se preocupar com seus legumes, grãos-de-bico e pássaros canoros baratos. Seus dois filhos, criados sob a proteção de sua rígida mulher, já eram mecânicos de automóvel respeitados na época da sua soltura. A oficina deles era conhecida em toda Damasco. Viviam numa casa grande com jardim em Salihije, um bairro nobre. Isam e sua mulher viviam numa ala dessa grande casa. Uma empregada cuidava dos dois com muito empenho, como se fosse sua própria filha. Os filhos não deixavam que lhes faltasse nada. Imploravam para Isam descansar e se divertir depois das agruras do seu tempo de prisão, mas ele jogava todos aqueles pedidos ao vento. Não queria se desfazer dos seus negócios. Por amor aos filhos, praticava seu comércio apenas nas ruas mais distantes de sua casa, para que ninguém falasse mal deles.

Se Isam tinha um bom nome e mãos generosas como verdureiro, no mercado de pássaros não gozava de uma fama tão virtuosa. Lá, os iniciados chamavam-no de "Pintor", aos berros. Isam realmente pintava os pássaros canoros, para que eles parecessem mais nobres. Pássaros baratos tomavam um banho em tintura amarela ou laranja para que parecessem primos pobres dos canários; outros recebiam uma multiplicidade exótica de cores para que fossem dignos de receber um nome fantasia pelo trato colorido: Príncipe Brasileiro, Cabeça Vermelha Real e Pássaro Arco-Íris eram seus favoritos. Apenas quando chovia ele ficava longe do mercado.

A maior parte do dinheiro ele ganhava com pintassilgos, que os damascenos amavam muito. Os pintassilgos jovens não valiam quase nada, porque comem um ano inteiro, fazem um pilhas de fezes e piam chorosos quando estão com fome. Apenas quando ficam com um círculo vermelho em torno do bico, eles amadurecem e tornam-se caros. Então, cantam de forma muito graciosa. Isam pintava um círculo vermelho em torno do bico dos pássaros jovens e vendia-os a preços baixos aos iniciantes, que o consideravam um idiota. Supondo que haviam tirado vantagem de Isam, desapareciam rapidamente. No entanto, esperavam, esperavam e surpreendiam-se porque o círculo em torno do bico ficava cada vez mais apagado, e a água no copinho cada vez mais vermelha.

Naquele dia, ele chegou com uma gaiola magnífica na mão. Quando entrou no quarto, uma gargalhada irrompeu.

– É verdadeiro! – gritou ele. – Um camarada esplêndido. Meu filho queria esse pintassilgo, mas eu o trouxe para Salim. Ele vai falar tão bonito quanto esse pássaro maravilhoso canta. Deus o proteja dos invejosos!

Os amigos não sabiam se deviam rir ou chorar de emoção. O pequeno pássaro não deixou que esperassem muito pelo canto. Assim que Isam pendurou a gaiola num gancho da parede, o pintassilgo começou a trinar como louco.

Salim riu satisfeito e entregou a Isam um copo de chá.

Isam sentou-se no sofá e ficou quieto por um momento. Salim esfregou as mãos e, em vez de se sentar na cadeira livre ao lado do sofá, agachou-se no chão aos pés dos seus convidados. Olhou para Isam, cheio de expectativa.

— Sabe — Isam falou para ele —, passei doze anos na cadeia. Mesmo à luz do dia, a cela era escura. Para quem você contaria histórias lá? Quem tem papel pode ao menos contar para ele, mas você gostaria de dizer histórias para paredes úmidas e imundas? Na época, eu não sabia ler, nem escrever. Na noite passada, eu mal dormi. Sabe de uma coisa? Eu queria saber quanto tempo eu vivi. Tenho hoje sessenta e oito anos, mas na verdade estou apenas com cinquenta e seis, pois aqueles doze anos não foram vida.

Isam fez uma pausa, e Salim pousou sua mão no joelho do amigo, compassivo.

— Você é um camarada valioso, Salim! — disse Isam. — Sabe de uma coisa, suas mãos falam, mesmo quando sua língua não pode. Sim, conheci um assim na cadeia. Era mudo, mas entendíamos suas palavras pelas mãos... Mas agora vamos a mim! Quando criança, eu gostava muito de cantar. Minha voz era tão querida que eu sempre podia cantar na mesquita e em casamentos; diziam que eu seria um cantor famoso. Mas, um belo dia, tudo acabou. Quem acreditaria em mim depois de terem me visto com a faca na mão ao lado do meu primo morto?

"Nunca lhe perdoei por ele ter me ofendido e me humilhado na frente de todos no bazar. Mas minha mulher disse que não era direito dois primos serem inimigos, e, como eu era o mais novo, precisava ir até ele e conversar sobre o desentendimento. Sabe, meu primo pensava que eu o havia enganado intencionalmente. Claro, naquela época eu era uma raposa astuta...

– É até hoje! – brincou Musa.

– Oras, apenas no mercado de sexta-feira, mas naquela época eu era todos os dias. Porém, não tinha enganado ninguém.

– Por que não? – perguntou Junis.

– Nós, meu primo, um homem chamado Ismail de Aleppo e eu tínhamos encontrado um tesouro. O homem lera nos seus livros secretos que havia um grande vaso com moedas de ouro enterrado no quintal do meu primo. Antes da sua fuga, um oficial otomano deve tê-lo escondido lá. Sabe, o oficial esperava que mais tarde poderia, com toda a calma, voltar e desenterrar seu ouro. Na fuga, contudo, o cólera o matou junto com toda a sua família nas proximidades de Aleppo. Ismail supostamente era seu serviçal, mas, como hoje sei, ele era o demônio em pessoa. De outra forma, como ele conseguiria me encontrar entre milhares de damascenos? Sabe, ainda hoje eu tenho arrepios quando digo o nome dele. Olhe, acabo de ter um. Era o próprio diabo. Ele me encontrou ao lado de Takije Süleymaniye. Deveria ter imaginado que aquilo não terminaria bem, mas eu era jovem e bobo. Fiquei lá, onde o arquiteto da mesquita se lançou para a morte. Naquele chão embebido com inveja e sangue ruim, o demônio me encontrou.

– Que arquiteto, que mesquita? – perguntou o Emigrante, um pouco confuso.

– Não conhece a história da mesquita? – E, como o Emigrante sacudiu a cabeça, Isam continuou: – O grande sultão otomano, Solimão, o Magnífico, deu a um famoso arquiteto chamado Sinan a tarefa de construir uma mesquita e aposentos para dervixes peregrinos. Esse arquiteto passou dias e noites na construção até conseguir, depois de anos de tribulações, erguer aquela bela mesquita. Satisfeito, o sultão visitou-a com seu séquito. Não economizou elogios, principalmente pelos finos minaretes. O arquiteto afirmou em voz alta o quanto havia sofrido até conseguir terminar a obra de arte. Os convidados aplaudiram entusiasmados e deram vivas ao sultão e ao arquiteto. No entanto, de repente, um velho comentou em voz baixa: "Foi brincadeira de criança!". O sultão mandou que trouxessem o homem. Era um camarada velho e frágil do arquiteto. "'Brincadeira de criança?', gritou o sultão. 'É uma insolência. Ai de ti, velhote infeliz! Dou-te um ano para que construas um minarete parecido. Se não conseguires, tua cabeça rolará!'

"'Um mês basta!', respondeu o velho camarada. 'Leve o mestre Sinan. Ele não poderá ver nada e em um mês deve ser trazido aqui de volta com os olhos vendados. Se descobrir qual é seu minarete, então eu posso morrer.'

"'O mestre será meu convidado por um mês. Ai de ti, ó ancião, se tua inveja te enganar', disse o sultão, e seguiu com o arquiteto até seu palácio ao norte.

"Depois de exatamente um mês, o sultão cavalgou com seus convidados e o arquiteto para Damasco. Em bandos, os damascenos se reuniram no local, cheios de curiosidade. Sabe, as pessoas ficaram tão próximas umas das outras que, se alguém jogasse uma agulha finíssima de cima do minarete, ela não atingiria o chão naquele dia, mas uma das milhares e milhares de cabeças que ali estavam.

"O sultão Solimão era famoso por seu senso de justiça. Obedeceu à condição da aposta e fez com que o mestre primeiro fosse vendado quando chegou com os acompanhantes ao palco diante da mesquita. O mestre ficou pálido, pois os dois minaretes eram idênticos, como imagens espelhadas. Ele esfregou os olhos, mas não conseguiu reconhecer qual era o seu.

"'Preciso subir, pois de lá posso reconhecer melhor', disse o arquiteto, e subiu o minarete às pressas. Tinha certeza de que lá encontraria algumas de suas marcas secretas. Sabe, eram talhos em determinadas pedras e alguns azulejos que ele havia pintado à mão. Chegando lá em cima, viu os talhos e azulejos e quase gritou que aquele era o seu minarete, mas de repente reconheceu os mesmos azulejos e talhos no minarete gêmeo ao lado. Desceu do primeiro e subiu no segundo. Também lá ele deparou com sua assinatura. O mestre estava em pé lá em cima e olhou para as pessoas lá embaixo, que começaram a castigá-lo com sua risada. Gritou tão alto que a terra tremeu, amaldiçoou o camarada e lançou-se para a morte."

– Não está certo – interrompeu o Ministro. – Depois da mesquita, o grande mestre Sinan ainda construiu muitas mesquitas maravilhosas, pequenas e grandes, inclusive a mesquita de Edirne, na Turquia. Estive com o meu pai lá. Um sonho em pedra e cores, de luzes e sombras. Aquele que foi encontrado morto sob o minarete um dia depois de estar pronta era um dervixe que amava a filha do governador de Damasco e que a visitava às noites secretamente no jardim da mesquita. Uma história triste. Eu...

– Tanto faz – Isam tomou novamente o fio da meada. – Naquele lugar eu encontrei o diabo. Ele sabia mais de mim que meus pais. Me contou que nossas estrelas haviam se encontrado no céu. Sabe, as palavras fizeram cócegas, ficaram mais sensíveis, como se possuíssem dedos. Falava de forma tão sábia e doce que poderia ter feito um rinoceronte voar! Afirmou que meu primo tinha uma estrela ruim e que, por isso, ele precisava sair de casa no dia em que desenterrassem o tesouro, de outra forma este se transformaria em serpentes. Apesar disso, ele teria o seu terço.

"Meu primo sempre foi um camarada desconfiado. Tinha medo de que Ismail quisesse nos passar para trás, mas eu o convenci e ele saiu de casa, com mulher e filho. Nós, esse demônio e eu, cavamos um grande buraco no lugar apontado, do raiar do dia até o meio-dia, no meio do quintal da casa, mas não encontramos nada. Ao meio-dia, comemos pão, queijo e azeitonas, lembro-me disso até hoje. Eu preparei um chá. Então, precisei ir até o banheiro. Quando voltei, aquele diabo estava lá, tranquilo, bebendo seu chá e falando sobre suas viagens. Sentei-me sob uma laranjeira e, distraído, bebi o bom chá. De repente, senti um cansaço estranho. Arrastei-me até a cozinha e lavei minha cabeça com água fria, mas não podia mais dar um passo. A escuridão me envolveu, e eu consegui apenas ouvir como aquele diabo ria desbragadamente.

"Quando voltei a mim, o homem já estava a quilômetros de distância. Os cacos de um grande vaso de argila espalhavam-se sobre o monte de terra. Duas liras de ouro otomanas estavam sobre uma pedra achatada. Eu as enfiei no bolso.

"Ainda estava tonto quando meu primo chegou.

"'Onde está minha parte?', ele perguntou quando viu os cacos.

"'Ismail me deu algo para dormir e fugiu com o ouro', respondi para ele, arrasado. Meu primo me agarrou e arrancou minhas calças e minha camisa do corpo. Então, ele pegou as duas moedas de ouro na mão. Daí, nenhum homem na Terra poderia mais convencê-lo de que eu, como ele, havia caído no truque do pilantra. Para ele, as liras de ouro foram mais do que a prova. Impiedoso, ele me bateu e, se não fosse pela ajuda dos vizinhos, eu teria morrido. Mas não foi o suficiente! Em todo lugar, meu primo falava mal de mim, e as pessoas me evitavam como se eu fosse a peste.

"Então, numa sexta-feira, fui até a mesquita. Quando saí de lá, ele me bateu novamente diante de todos os fiéis, e dessa vez ninguém veio ao meu auxílio. Eu fugi dele e prometi matá-lo. Fiquei sem falar com ele por três meses.

"O dia da Festa do Sacrifício se aproximava. Minha mulher disse que não era direito nós comemorarmos os dias santos cheios de ódio. Assim, pus-me a caminho da casa dele.

"Quando empurrei a porta encostada, nenhum dos meus parentes veio me receber. Chamei o nome dele, mas o silêncio dominava. Chamei novamente, então ouvi seu engasgar vindo da cozinha. Corri e lá estava ele, deitado de barriga para baixo sobre um lago de sangue horrível. Eu o virei, mas era tarde demais. Morreu nos meus braços sem dizer palavra. A faca estava ao lado dele. Quis correr para o quintal e pedir ajuda dos vizinhos, mas de repente lá estavam a mulher e o filho dele, muito novinho, petrificados de horror na porta da cozinha. Tinham acabado de voltar de um passeio. A mulher olhou minhas mãos e roupas sujas de sangue e gritou como uma louca. Não sei até hoje por que eu peguei a faca na mão e gaguejei: 'Com... a faca...'. Foi isso. Para os juízes, ficou claro como a luz do sol que eu havia feito aquilo."

– E o assassino, por que fez isso? – perguntou Faris.

– Sabe-se lá o diabo! Meu primo brigava com as pessoas. Era um sujeito desagradável. Segundo eu soube, o assassino espancou um homem respeitável a mando de meu primo. Era um brigão profissional, então foi cobrar seu dinheiro, mas meu primo quis enxotá-lo. Sempre atiçava esse tipo de gente contra seus inimigos, mas proibia que eles fossem até sua casa para que ninguém soubesse de nada.

– E como continuou? – Ali quis saber.

– Não, conte uma história até o fim – intrometeu-se o Professor.

– História? Ah. É mesmo. Eu queria contar para vocês a história de um camarada da prisão que nunca queria apostar.

– Um momento! – interrompeu Ali.

– A noite é longa. Vamos chegar até a história, mas eu ainda quero saber o que aconteceu com você depois. A gente se conhece há anos e você nunca falou disso. Nesta noite abençoada, você abriu seu coração. Continue a contar. É mais importante para nós do que qualquer história – insistiu Musa.

Isam olhou para Salim.

– Você está cansado de todas as coisas tolas que eu falei de mim aqui?

Salim riu, apertou a mão do amigo e fez um sinal como se quisesse dizer: "Não se preocupe!".

– Sim, então que o inferno abra suas portas para mim. Por doze anos, o diretor da prisão, que Deus o amaldiçoe, me manteve num porão até eu me transformar na imagem do monstro que ele trazia há muito no coração. Apenas quando ele morreu, que sua alma sofra e queime no inferno, o novo diretor ordenou que me botassem numa cela comunitária. Lá passei a segunda metade da minha prisão. Era muito mais leve que o inferno da solitária. Sabe, quando deixamos de falar por muitos anos, até mesmo nossos sonhos ficam mudos. As palavras atrofiam e se deterioram na boca. Naquele buraco, eu vivia apenas com os ratos. Às vezes eu desejava que eles me atacassem e trouxessem um fim à minha dor, mas eram mais piedosos do que os homens, e me deixaram viver. Vocês não podem imaginar como me castigava o fato de apenas eu saber da minha inocência. Minha mulher também acreditava e ficou fiel ao meu lado, mas ninguém *sabia* realmente, além de mim.

– E seus amigos? – perguntou Faris.

Isam sorriu, amargo.

– Os amigos primeiro acreditaram em mim, depois nos juízes, e também largaram minha mulher ao vento. Ela precisou criar dois filhos sozinha, e me torturava o pensamento de que ela sofria lá fora por mim. Eu odiei até mesmo sua lealdade. Às vezes, eu sentia fogo na minha cabeça, sabe, um fogo que queria deixar sair. Queimava dentro de mim, mesmo quando eu adormecia, exausto. Eu acordava de repente e começava a correr contra a parede e a gritar como um animal selvagem, até o fogo desaparecer. Apenas na cela comum eu voltei a viver. Era uma vida dura na cela, mas o fogo nunca mais queimou minha alma. Naquela época, tomávamos surras com frequência e, ainda assim, quando alguém ficava à beira da morte, o levávamos para perto de nós, dávamos cigarros e chá e cantávamos e sorríamos, e o rosto ferido dele sorria lentamente, então sabíamos que ele havia vencido o carcereiro.

"Um poeta, que ficou conosco por cinco anos por causa de uma canção, me ensinou a ler e a escrever. Tornamo-nos bons amigos. Durante a vida, ele tinha lido milhares de livros, e eu era sedento como uma esponja. Mas eu também podia ensinar-lhe alguma coisa. Ele refletia por demais e só conseguiu respeito por compaixão dos outros. Eu lhe ensinei como podia barganhar cigarros, chá e até mesmo áraque. Foi um bom aluno. Primeiro, ele apenas observava como eu fazia, e então botava a mão na massa. Pouco a pouco, conseguiu respeito, até mesmo dos piores brigões, que também precisavam do conselho dele. Era mais bem versado do que um advogado, e na cadeia inteira apenas um entre cem conseguia desvendar as letras. Mesmo anos depois da sua libertação, ele me visitava semanalmente, até precisar sair do país.

"Mas agora chega de falação! Quero contar a vocês uma história verdadeira. Deus é minha testemunha que eu contarei apenas o que ouvi sobre Ahmad.

"Na cadeia, os presos gostam de apostar. Sabem, eles matam o tempo assim, e tentam ganhar com as apostas chá, cigarros ou um pedaço de pão. Apenas um prisioneiro não apostava nunca, e o nome dele era Ahmad. Perguntei uma vez para ele por que nunca participava. Eu jamais havia me intrometido assim, mas, sempre quando apostávamos com fervor, ele ficava sentado no canto, como uma pedra. Era um pobre-diabo, e, quando eu ganhava algo, dava-lhe um pouco. Muito bem. Então eu perguntei para ele: 'Por que você nunca aposta?'. Pensei que seria por conta da sovinice, mas ele era muito generoso. Uma vez, perdi muito, mas muito mesmo, tirei cartas ruins. Depois de algumas rodadas, eu estava falido. Então, quando me sentei com ele no canto, ele tirou, sem dispensar uma palavra, sua camisa nova e me deu. Eu troquei a camisa por três maços de cigarro e com eles pude recuperar meu dinheiro perdido. Porém, ele nunca apostava.

"Nós apostávamos tudo. Às vezes, quando não encontrávamos nada que valesse a pena apostar, um gritava: 'Eu aposto que aquela mosca vai sentar-se em mim', e logo nos lançávamos para o próximo jogo. Havia truques! Até uma mosca é possível influenciar. Quando alguém espanta uma mosca de um lugar, sem sacudir nem muito, nem pouco, ela vai por teimosia para aquele mesmo lugar."

– Sei bem disso com aqueles bichos malditos; um deles se apaixonou pelo meu nariz e estragou minha sesta – confirmou Musa e riu.

– Posso dizer a vocês – Isam continuou – que a pessoa entra com uma profissão na cadeia e sai com mil e uma. Dá para aprender tudo. Como já contei, aprendi a ler lá dentro. Não é possível se tornar apenas padeiro, açougueiro ou ferreiro, lá você aprender ainda a amolar facas, falsificar dinheiro, contrabandear e contar piadas. Querem ouvir uma piada? Querem?

– Sim, conte! – encorajou Tuma.

– É uma piada política sobre um presidente. O poeta de quem eu falei me contou esta. Na época, ele só contava piadas políticas, sabe. Mas, agora, a piada: dois terroristas espreitavam na frente do palácio do presidente. Seus dedos estavam grudados no gatilho das pistolas. Esperaram um dia, dois dias, três dias, mas o presidente não saía do palácio. 'Onde ele está?', perguntou um deles, impaciente. 'Espero que não tenha acontecido nada com ele!', resmungou o outro, preocupado.

"Contávamos piadas o tempo todo para rir. Sabe, virava e mexia éramos tratados como animais, mas ríamos entre nós dos carcereiros. Posso contar para vocês mais uma piada, agora sobre carcereiros?"

– Não, não, melhor contar do homem que não queria apostar – pediu o Ministro, impaciente. Era o único da roda que não havia rido da piada.

– Sim, está certo. Ele se chamava Ahmad. Perguntei para ele por que não apostava, e ele me contou sua história. Inacreditável, como a história de muitos detentos. Sabe, conta-se muita coisa na cadeia. Cinquenta por cento você joga no mar e para trinta por cento pode dar algum crédito. O que resta continua sendo incrível. Realmente incrível! Por exemplo, um armênio ficou um ano na cadeia. Seu nome era Mehran. Um camarada baixote. Baixote e magrelo. Quando perguntamos o que ele havia feito, disse apenas o seguinte: 'Quebrei um grande urso!'. Ele não sabia falar árabe. Apenas depois de um mês juntamos as peças da história dele. Tinha quebrado alguns ossos de um colosso da vizinhança. Devia ser grande e forte como o nosso Ali, sabe? Ele havia dito a esse vizinho que não podia bater nos filhos na hora do almoço, pois ele, Mehran, queria aproveitar sua sesta e não conseguia aguentar quando as crianças eram espancadas. O vizinho gritou de volta que, a partir daquele momento, na hora do almoço, ele bateria todos os dias não apenas nas crianças, mas também em Mehran. Ele o agarrou, então Mehran o pegou com sua mão direita e jogou-o longe, a uns metros de distância. O colosso foi parar no hospital.

"O juiz não sabe de bosta alguma. O colosso que deveria ter ido para a cadeia e não esse armênio. Ah, o que eu disse? Eles roubaram muitos anos da minha vida. Mas não queremos ficar tristes agora. Onde eu parei?"

– No armênio corajoso? – disse o ferreiro Ali.

– Em Ahmad, de quem você queria contar por que ele não apostava – resmungou o Ministro, sem paciência.

Isam olhou para Faris um pouco confuso.

– Ah, sim, Ahmad, mas apenas depois do armênio, é rápido. Mehran era, como eu disse, muito magro. Quando entendemos sua história, todos rimos e achamos que ele era um ladrão de carteiras. Ladrões de carteiras não eram bem vistos na cadeia, então eles tentavam impressionar contando histórias. Mas um dia estávamos no pátio. Dois grandalhões quiseram zombar dele, sem motivo, pois Mehran não fazia mal a uma mosca. Nunca tinha começado uma briga. Mas quando alguém era injusto com ele, nunca perdoava. Era mais vingativo que um camelo. Seja como for, dois grandalhões que poderiam, por assim dizer, engoli-lo no café da manhã sem nem um gole de chá, atacaram-no. Ele ficou parado como uma rocha, subiu rapidamente nas costas do primeiro e jogou-o, como se fosse uma ervilha, contra o outro. Os dois ficaram mancando por semanas e gozamos muito da cara deles. Mehran não queria ser o chefe da cela. O mais forte entre nós era um homem de Horns. Depois daquela demonstração, ele deu para Mehran seu lugar na janela para o pátio, mas esse camarada esquisito recusou."

– A mãe dele com certeza lhe dava leite de leoa no café da manhã – comentou o barbeiro.

– Os armênios são muito valentes – confirmou Junis, o dono da cafeteria. – Conheci um que se chamava Karabet. Vinha todos os dias na cafeteria. Falava um árabe ruim, mas, quando ele falava, era uma história e tanto. Um dia...

– Junis quis continuar, mas o Ministro tinha perdido toda a paciência.

– E Ahmad, o que aconteceu com o maldito Ahmad? – rascou ele.

– Tem razão. Preciso finalmente contar a história de Ahmad. Quando ele era jovem, tinha um faro famoso para apostas e uma língua afiada. Com o faro, ganhou muito dinheiro dos pobres vizinhos que caíam nas suas apostas. Falava tão bem que até mesmo o ex-presidente o convidava para suas festas, para que ele entretivesse os convidados. Mesmo na cadeia, continuava um mestre para contar piadas. Mas sua língua não era boa apenas com anedotas; era tão afiada quanto uma faca de aço damasceno. Uma língua assim, talvez, só a de Abu Nuwas no seu tempo. Conhecem a história das galinhas e do califa?

– Não, que história? – Tuma quis saber, embora o Ministro tivesse revirado os olhos.

– Olha, eu lhe peço – disse o Ministro, enérgico –, a história de Abu Nuwas qualquer um compra com algumas piastras. Quer contar sobre a alma desgraçada do seu colega de cela?

– Sim, desculpe, agora eu prometo pela alma da minha mãe que vou contar a história de Ahmad até o fim. Um dia, o presidente e sua esposa deram uma festa, cuja arrecadação iria para os órfãos pobres. Os jornais comentaram a semana toda sobre a festa, na qual participariam todos os chefes das famílias conhecidas, comerciantes respeitados, ricos fazendeiros, escritores, atores e convidados estrangeiros.

"A comida era sensacional: gazelas assadas, fígado de pavão e rolinhos de pistache na mesa, e os convidados aplaudiam com entusiasmo as dançarinas, os cantores e os malabaristas. Naquela noite, o presidente bebeu muito e logo ficou bêbado. Quando o presidente ficava bêbado, era muito perigoso ficar perto dele. Sabe, ele era imprevisível. Contava-se que um dia ele foi convidado para ir até Malula..."

– Abençoada seja a alma da sua mãe! – lembrou Faris.

– Tem razão, esta é uma outra história. Agora, quando o presidente ficou bêbado, lembrou-se de Ahmad. Mandou chamá-lo e falou com ele, zangado: "Os convidados são gafanhotos avarentos. Esvaziam as mesas e doam apenas palmas! Uma vergonha para nossos costumes árabes diante dos diplomatas estrangeiros. Olha só, você tem que arrancar até a última piastra dos bolsos deles com sua língua, senão eu jogo você, bocudo, no deserto".

"Ahmad sorriu. Ele subiu no palco e chamou a atenção do nobre público: 'Caríssimas damas e cavalheiros. As doações são poucas, por isso o mais querido entre nós vai doar o que há de mais valioso para os órfãos: um pelo do seu bigode.'

"O presidente levantou-se e aplaudiu com fervor a ideia genial. Uma mulher de vestido branco foi até o presidente com uma pequena almofada vermelha na mão. Ele se curvou diante dela, que puxou um pelo do bigode dele. Viu-se o rosto de Sua Excelência se retorcer por um instante, e as pessoas aplaudiram sem imaginar que haviam caído numa armadilha.

"'Sua Excelência gostaria de saber o quanto os honrados presentes o amam. Ele oferecerá um pelo de sua barba para leilão, e está ansioso para saber quanto será oferecido por seu honrado pelo. Qualquer um que levantar a mão pagará por sua participação uma moeda de ouro, e então, com apenas de um pouco de sorte, o pelo do bigode mais nobre do mundo pertencerá a ele.'

"Os presentes ficaram em silêncio. Olharam-se envergonhados, mas um deles se manifestou e ofereceu cem liras de ouro.

Embaraçado, seu vizinho ofereceu cento e cinquenta. O primeiro homem pagou uma moeda de ouro e recostou-se, mas não ficou em cento e cinquenta. Logo se ouviu mil, três mil, seis mil. Uma horda de meninas e meninos juntava as liras de ouro dos presentes, e o leilão continuou. Logo se ouviram gritos de vinte mil, até mesmo cem mil. Os gritos ficaram cada vez mais altos e irados, pois cada um quis mostrar que amava mais o presidente. Apenas depois de três horas, Ahmad gritou: 'Trezentos mil, dou-lhe uma, trezentos mil, dou-lhe duas... trezentos mil, dou-lhe três. Meu senhor, meus cumprimentos! O senhor conseguiu o nobre pelo. Que aquisição!'. As pessoas esticaram o pescoço para ver o homem que Ahmad cumprimentava. Era um comerciante de ferro de Damasco. Ele foi para frente e, um pouco inseguro, pegou a almofadinha. Os presentes bateram palmas, mas muitos tiveram pena do comerciante.

"Mal os convidados haviam se recuperado, quando Ahmad subiu novamente ao palco e gritou no salão: 'Sua Excelência está satisfeito com o público, por isso ele gostaria de alegrar a festa com algumas apostas. Sua Excelência adora apostar. Apostam que nenhum dos presentes consegue dar um safanão em Sua Excelência? Quem ousar receberá cem liras de ouro; todos os outros perderão novamente uma lira de ouro!'. Com certeza, muitos queriam dar trezentos tapas no presidente por essa ideia desprezível, mas ninguém ousou. Assim, eles pagaram e amaldiçoaram de todo o coração a alma do pai dele por sua criação.

"'Apostam', gritou Ahmad sob aplausos do seu presidente, 'que lhes dou uma tarefa que ninguém conseguirá cumprir? Sua Excelência me autorizou a dar meio milhão de liras de ouro do tesouro do Estado àquele que cumprir a tarefa.'

"'Meio milhão? Que tarefa? O Estado tem tanto dinheiro assim?'

"Via-se como o presidente concordava com a cabeça, rindo.

"'Senhoras e senhores. Se não resolverem a tarefa, cada um pagará dez liras de ouro para a caixa dos órfãos.'

"'Que maldita tarefa é essa?', gritou um dos últimos da fila. As pessoas riram e ficaram surpresas por sua coragem.

"'Quem consegue morder o próprio olho?', gritou Ahmad. Apenas o presidente ria alto e batia na própria coxa, entusiasmado.

"'Não fiquem tristes! Ninguém ganhará minha aposta, mas vão garantir com sua doação o amor pelos órfãos', Ahmad consolou o público zangado.

"'Mas eu consigo!', as pessoas ouviram alguém gritar. Silêncio mortal. O comerciante de ferro de antes se levantou.

"'Meu senhor, ninguém consegue!', Ahmad gargalhou.

"'Não, eu consigo morder o olho direito e o olho esquerdo!', gritou o homem de volta.

"'Então, venha até aqui e mostre-nos, por favor, como o senhor pode morder seus próprios olhos', gritou Ahmad, quase com pena.

"O comerciante foi até o palco e virou-se para o público. 'Aqui está meu olho!', ele disse, e arrancou o olho direito, ergueu-o entre dois dedos e levou-o até a boca. Os espectadores murmuraram e muitas damas viraram o rosto de nojo.

"'Sim, mas não vale. É um olho de vidro', triunfou Ahmad. Apenas então alguns riram, mas a maioria estava assombrada.

"'Pois bem, eu também posso morder meu olho esquerdo', retrucou o comerciante; então tirou a dentadura da boca, estalou-a algumas vezes no ar e mordeu com ela o olho esquerdo. O público explodiu. Ahmad ficou pálido. O presidente precisava pagar, pois muitos diplomatas estrangeiros estavam presentes. Por isso, ele ordenou prisão perpétua para Ahmad.

"Quando o presidente sobreviveu ao primeiro atentado como por milagre, ele mandou perdoar até aos assassinos de crianças, menos a Ahmad. Um camarada estupendo, esse Ahmad, com uma língua incorrigível. Quando um dia o inspetor resmungou para a gente que devíamos limpar a cela até de manhã cedo para ficar um brinco, ou nos obrigaria a limpar o chão com a língua, ele perguntou o porquê.

"'O novo presidente vem pela manhã às 10h', disse o inspetor. Então, Ahmad gritou, surpreso: 'Como? Finalmente vocês pegaram o velhaco?'. Bom, esta é minha história; espero que eu tenha divertido vocês."

Salim se levantou e beijou o rosto barbudo de Isam.

– Meu caro – bocejou o Ministro –, na verdade foram mil e uma histórias. – Ele riu, irônico.

– Fique feliz – espetou Musa –; se você fosse Sheherazade, suas histórias teriam bastado apenas por uma noite.

Isam riu. Pegou duas cartas do jogo, mostrou-as ao Ministro e ao ferreiro.

– Estou ansioso para saber quem dos senhores será nossa Sheherazade amanhã.

E pousou as cartas na mesa.

– Amanhã será você, Excelência – alegrou-se Ali, quando o Ministro puxou o ás.

11

Por que alguém precisou ouvir, depois da morte,
o que em vida ignorou.

O ex-ministro Faris vinha de uma antiga família de nobres damascenos. Seu pai possuía terras e, por sua lealdade ao sultão em Istambul, conseguiu o título de honra de paxá. O paxá, contudo, era uma raposa astuta. Previu que os dias do reino otomano estavam contados e estendeu seus tentáculos até a França. O cônsul francês sempre era seu hóspede, e assim o paxá se tornara o primeiro confidente dos ocupantes franceses, que expulsaram rapidamente os otomanos da Síria. O experiente paxá também sabia que os franceses não ficariam na Síria para sempre. Recebeu o governador francês, mas secretamente doava dinheiro aos círculos nacionalistas, que exigiam a libertação do país com cada vez mais veemência. Assim o paxá pensou e negociou até morrer. Contava-se que, como muçulmano fiel, havia peregrinado diversas vezes para Meca. Lá, como prescreve uma das obrigações religiosas, os fiéis seguem até o monte Arafat e jogam simbolicamente sete pequenas pedras no demônio. O paxá cumpria todas as obrigações. Contudo, no apedrejamento ele jogava apenas seis pedras no diabo.

– E por que não joga as sete pedras? – perguntavam seus amigos toda vez.

– Não quero me indispor com o diabo totalmente – ele respondia.

O paxá mandou seu filho mais novo e sensível, Faris, que não tinha tino comercial ou jeito com agricultura, estudar direito na Sorbonne, em Paris, para que pudesse representar mais tarde os interesses da família no governo.

Dois dias antes da independência, o pai morreu, mas seu título de paxá permaneceu por décadas na família, embora o reino otomano, que havia criado títulos estranhos aos montes, tivesse perecido há muito.

O desejo do pai, falecido entrementes, pareceu se cumprir, quando Faris, pouco depois da independência do país, ingressou no primeiro governo. Em vez de administrar confortavelmente seu cargo, mandou estatizar as usinas de eletricidade, as indústrias do tabaco e outras, igualmente importantes. Com isso, provocou a ira de sua família. Os pobres aclamavam o "paxá vermelho", embora não tirassem nada disso além do aumento nos preços do tabaco, da água, da energia elétrica e de outros produtos da indústria estatal, que apenas supostamente estava nas mãos do povo. Contavam-se em Damasco muitas histórias sobre esse ministro, que, durante seu mandato, recusou-se a ter guarda-costas e choferes, como os outros ministros. Diariamente, às oito da manhã, ele deixava sua casa, passava pelo bazar e chegava ao seu ministério pouco antes das nove. "No bazar eu sentia o cheiro de como estavam as pessoas", ele teria dito um dia.

No fim de março de 1949, um coronel tirou o cargo do presidente com alguns carros blindados antigos e jipes. No alvorecer, tiraram o chefe de Estado do seu sono e o depuseram. Depois, seguiram rapidamente para a rádio. Lá, acordaram o porteiro sonolento. "É um golpe pela liberdade e contra o sionismo. Os políticos são culpados por a Síria ter chegado às margens do abismo!", o líder gritou para o porteiro. Era a primeira vez que aquele homem ouvia a palavra "golpe", pois aquela era a primeira derrubada de governo não apenas na Síria, mas em toda a Arábia. "E minha aposentadoria?", o porteiro sonolento perguntou.

Pouco depois das seis horas, o coronel informou à população e a todo o mundo os motivos honrosos de seu golpe e, por volta das seis e meia, rumou para a casa de Faris, a quem ele conhecia bem. O ministro ainda dormia, mas o coronel corpulento ordenou que fosse acordado. De pijamas, Faris chegou à grande sala de visitas de sua casa, onde o coronel estava sentado num sofá com as pernas abertas. Dois jovens oficiais postavam-se à direita e à esquerda do sofá.

— Bem, o que acha do meu golpe? Nenhuma gota de sangue correu. Não é genial?

— Excelência, o senhor me acordou por isso? — perguntou Faris, ainda com sono.

— Sim, porque eu considero sua opinião. Que acha?

— Quer ouvir minha opinião, então mande os oficiais embora. Não posso aceitar invasores armados na minha casa — retrucou Faris, mal-humorado.

Os oficiais não queriam sair por preocupação com seu coronel, mas seu líder os acalmou e eles se retiraram.

— Então, não é genial?

— Claro, Excelência, claro. Mas o senhor abriu na Síria uma porta que nunca mais conseguirá fechar. Tirou-me da cama. Preste atenção: logo o senhor vai ser tirado da cama.

O oficial riu.

– Não sou civil. Durmo de uniforme, e minha pistola sempre está alerta – disse e saiu.

Se essa conversa aconteceu realmente, ninguém em Damasco sabe, mas o coronel foi preso numa noite de agosto insuportável de tão quente pelo novo golpista, que não queria menos do que proteger a Síria do caminho até o abismo. Ele, o criador genial do primeiro golpe, governou apenas por 134 dias. Foi tirado da cama e morto a tiros num subúrbio de Damasco. Estava de pijama. A porta do golpe permaneceu aberta na Síria por muito tempo.

Faris nunca mais quis entrar no governo. Ele conseguiu formar um patrimônio com seu escritório de advocacia e era uma autoridade respeitada no tribunal. Havia o rumor de que muitos juízes sentiam mais do que respeito por ele. Muitos contavam o tempo todo que ele logo seria nomeado ministro. Faris nunca negava a possibilidade, e isso impressionava tanto que os juízes prestavam mais atenção às suas exposições do que às de seus adversários.

Naquela noite, ele foi o primeiro a chegar, mas parecia cansado.

– Tem um café forte? – ele pediu a Salim, e este se apressou para a cozinha e fez um moca encorpado. Aos poucos, os outros amigos chegaram.

– Suas histórias e apresentações – disse Faris – me roubaram o sono. Fiquei sentado no terraço, refletindo. O que é uma história, afinal? Por que as pessoas contam histórias? Remoí essas ideias até o sol raiar, assim, não havia dormido nem três horas quando a minha mulher me acordou. Precisei buscar umas coisas no mercado para o meu filho e minha mulher mimada, porque eles terão convidados hoje à noite.

Lá, encontrei meu amigo, o poeta persa Said; vocês o conhecem, não?

Salim, Musa e Mehdi fizeram sinal com a cabeça, concordando. Conheciam o pequeno e magro poeta que encontrou refúgio em Damasco.

– Que há com ele? – o Emigrante quis saber.

– Como se Said tivesse lido meus pensamentos, ele me disse, depois dos cumprimentos, sem que eu perguntasse: "Que bom contador de histórias é aquele afiador de facas afegão. Um pequeno diabo, mas, quando começa a contar as histórias da sua terra natal, ele cresce. Nunca soube nada do Afeganistão, mas esse diabo me conduziu às suas ruelas, e eu senti seu cheiro, seu gosto, e entendi o que qualquer um sente naquelas vielas. Fiquei acorrentado ao afegão. Não é uma maravilha?". Gostaria de ter falado mais com Said, mas, como sempre, ele não tinha tempo. Despediu-se e foi embora rapidamente.

"Certa vez, conheci um velho. Ele levava café para mim no ministério e todos os dias me contava uma pequena história, bem descontraído. Infelizmente, nunca o ouvi direito. Apenas alguns trechos entravam nos meus ouvidos e, quando eu me lembro deles hoje, acho-os repletos de sabedoria. Pena que antes, como ministro, não pude ouvi-los direito. Quando ministro, também nunca contava histórias. Pedia que meus colegas, solicitantes e puxa-sacos me contassem rápido o que queriam, e então tomava uma decisão. Quando eu dizia algo, era uma ordem.

"Perguntei para a minha mulher hoje, na hora do café da manhã, quando eu comecei a contar histórias, e ela respondeu: 'Desde que renunciou ao cargo cruel, você ficou mais falante'. Quem se surpreenderia que governantes privados de poderes começassem a falar e escrever tomos e tomos sobre sua vida? Acho que os governantes não conseguem ouvir, e quero contar para vocês uma história engraçada e sábia sobre um desses governantes, se vocês me concederem paciência e ouvidos."

O Ministro quis começar de pronto, quando o pintassilgo acordou e começou a cantar bem alto. Isam riu, triunfante.

– Era uma vez – Faris começou, mas o pintassilgo pipilava cada vez mais alto.

– Cubra a gaiola para que esse demônio durma! – resmungou Musa.

– Oras, o pintassilgo também quer contar algo – Isam defendeu seu protegido e, como se entendesse as palavras do pássaro, ele agora trilava sem parar.

– Cubra esse pássaro maldito, ou não vou conseguir contar a história – disse Faris. Salim, que sentiu o gosto sério das palavras dele, lançou rapidamente uma toalha preta sobre a gaiola.

– Era uma vez ou nenhuma vez – recomeçou Faris. – Havia, num tempo distante, um rei. Além da ilha de Wakwak, existia um país onde reinava tal soberano. Seu rosto poderia ter dito à lua cheia numa noite de verão: "Desça para que eu encante as pessoas em seu lugar". Ele era muito jovem quando subiu ao trono como sucessor do seu pai. O jovem rei era mais astuto que uma cobra e insidioso como uma raposa, e assim reuniu em torno de si apenas os ministros mais pérfidos, que administravam o país com mão de ferro. No ano da sua entronização, casou-se com uma princesa cuja graça faria as rosas de Damasco pálidas de inveja.

— Que beleza isso que você disse — sussurrou Mehdi, o professor.

— Se eu pudesse viver apenas algumas semanas com uma beleza dessas, ficaria alguns anos mais jovem — empolgou-se Musa, o barbeiro.

— E sua dentadura, o que você faria com ela? — provocou Isam.

— Seja como for — o Ministro continuou sua história —, o rei desejava um filho. Contudo, a mulher lhe deu uma filha, ainda mais bela que a mãe. Mas o rei olhava para a filha e fervia de ódio. Aos prantos, ele ordenou que levassem a rainha com a criança para uma ilha distante. No país, contudo, fez-se com que corresse o boato de que a rainha morrera no parto.

— Deus deveria paralisar a língua desse desnaturado pela mentira! — gritou Junis, o dono do café.

— Um cão covarde ele é — enfureceu-se Musa. — O que tinha contra uma filha, hein? Tive cinco. Não trocaria a unha do dedo mindinho de uma delas por um filho.

— Um momento, agora você está exagerando. Tenho seis filhos e cada um é um leão — retrucou o ferreiro.

— Exatamente o que queria o rei — continuou o Ministro —, mas a segunda mulher também lhe trouxe uma menina ao mundo. Também ela precisou fazer uma viagem para uma ilha ainda mais distante. A terceira — o Ministro riu —, a quarta, a quinta, a sexta... — Ele engasgou de tanto rir e precisou tossir.

— Aos poucos esse rei está ficando chato — disse Tuma, como se quisesse perguntar ao Ministro sobre a piada que tanto o divertia.

– Mas ele é um rei – retrucou o Professor.
– Sim, é assim, mas agora vai ficar engraçado – disse o Ministro. – Ano após ano, o rei ficava mais furioso. Ouvia cada vez menos os seus ministros e ainda menos o bobo da corte, como seu pai fazia. No sétimo ano do seu reinado, casou-se com uma mulher esperta. Ficou grávida, mas, no oitavo mês, e já era verão, ela disse ao marido que queria ir até a residência de veraneio, pois não conseguia mais relaxar no calor da capital. Dito e feito, ela seguiu para o frescor das montanhas. Levou consigo apenas sua fiel camareira.

"Quando a rainha teve as dores, surgiram os mensageiros do rei para poderem transmitir a ele a boa ou a má notícia. Esperaram três dias e três noites diante dos aposentos da rainha. Eram, ao mesmo tempo, como pombos-correios das boas notícias e hienas das más.

– Que beleza de dito, Deus abençoe sua boca! – falou Mehdi.

– E a sua também – respondeu o Ministro, e continuou: – No fim da tarde do terceiro dia, os mensageiros ouviram o choro do recém-nascido e a camareira festejar de felicidade. Depois de um breve momento, ela saiu, os olhos cheios de lágrimas. "Dizei ao nosso amado rei que pode mandar as preocupações ao diabo", ela soluçava de felicidade. "Os céus realizaram seu desejo e deram a nós todos um príncipe forte!"

"O rei ficou exultante, porque seu maior desejo fora atendido. Quando a rainha voltou, ele a recebeu solenemente. Milhares de súditos a saudaram. Do terraço, o governante ergueu o sucessor do seu trono, Ahmad. O êxtase correu sobre todo o país. Em delírio, alguns se jogaram para a morte de cima dos minaretes, apenas pela imensa alegria. As pessoas ficaram malucas naquele dia; quase não era possível acreditar nas bobagens de que os súditos puderam ser capazes.

"No dia seguinte, o rei deu a ordem para derrubar um bairro inteiro e lá erguer um palácio com jardins e lago para o filho. Os moradores das pequenas cabanas choraram e imploraram misericórdia, mas os soldados chicoteariam qualquer um que não tivesse deixado sua cabana ao pôr do sol. Mais rápido que um piscar de olhos, a felicidade se transformou em infelicidade.

– Que bonito! – empolgaram-se Mehdi e Musa.

– Agora, mil choraram, menos uma. Era a bruxa Mira, conhecida em todo o país por sua bondade e temida por sua maldade. Também sua cabana daria lugar ao palácio do príncipe.

"Centenas dos desabrigados chorosos imploraram ajuda diante do palácio, mas os guardas os afastaram. Porém, quando viram a bruxa Mira, os guardas ficaram com medo da sua ira e correram até o rei. Disseram-lhe que a bruxa queria apresentar a ele suas reclamações, mas o rei urrou uma gargalhada. 'Reclamações? Que reclamações? Meu reino inteiro não precisa mais se preocupar: nasceu um príncipe! Não quero ouvir reclamação alguma!'

"A bruxa Mira ouviu as palavras, viu as pessoas aos prantos, então se voltou aos céus e falou palavras incompreensíveis. De repente, trovejou no céu azul, as pessoas se assustaram e buscaram ao longe. 'Sim', gritou a bruxa, 'enquanto ele viver, não deverá mais ouvir, esse desgraçado!' À medida que dizia essas palavras, ela se dissolveu no ar. Nunca mais se ouviu nada no reino sobre Mira, a bruxa.

"O rei gritou de repente, no meio de uma audiência dos comerciantes e sábios que expressavam suas felicitações: 'Meus ouvidos! Meus ouvidos!'. Ele agarrou a cabeça. Com feições cheias de dor, girou três vezes em círculo e caiu, desmaiado. A partir desse dia, o rei não podia mais ouvir. Mas isso lhe preocupava pouco: estava feliz com seu filho e regia com firmeza. Centenas de espiões sondavam o país, e eram os ouvidos do rei. O que relatavam era repetido até que o rei pudesse ler o necessário de seus lábios.

"As estrelas foram favoráveis para o jovem rei. Ano após ano, os céus deram aos camponeses chuva para os seus campos e calor para suas frutas, e o país prosperou. Por sete anos a sorte se manteve, mas, em vez de aproveitar a felicidade, o rei se sentia cada vez mais poderoso e quis incorporar alguns reinos vizinhos menores. Não era necessário muito para instigar a cobiça desse rei. E sempre que os astrólogos e sábios lhe alertavam sobre isso, ele se recusava a seguir seus conselhos e lia cada vez menos seus lábios. Obedecia a sua própria vontade e conseguiu na primeira guerra uma grande vitória. Mas que grandiosa guerra conduziu esse soberano genial? Cinquenta mil soldados com lanças e espadas, vinte e mil arqueiros, dez mil cavaleiros e mais de cinquenta catapultas formavam seu exército. Porém, o rei deixava a maior parte de suas tropas escondida numa floresta e continuava a marchar. Quando via as grandes armadas do inimigo na planície, deixava seus arqueiros atrás do monte e fingia querer atacar o flanco esquerdo do exército inimigo, mas então cavalgava até o meio do campo e buscava a fuga ainda antes do primeiro encontro. Seu rival o via fugir com o exército mínimo, deixava de lado todas as medidas de segurança e ordenava a perseguição ao rei. Uma grande confusão se instalava na corrida atrás do rei com seus melhores cavaleiros. Eles se punham rapidamente em segurança e, então, o céu cobria-se com as setas de seus arqueiros. As flechas atingiam muitos cavalos e homens..."

E o Ministro contou por muito tempo essa carnificina, sem esquecer nenhum riscar de espada, nenhuma investida com lança e nenhum golpe de maça, como se estivesse numa oitiva de tribunal.

– Muito bem, e o que aconteceu com o país? – interrompeu-o Tuma.

– Uma seca atingiu o país e fez seus habitantes sofrerem. Porém, o rei não queria ler nenhum relato sobre isso nos lábios dos seus vizires. Seus súditos amaldiçoavam-no quando ele aparecia no terraço. Ele achava que os punhos fechados eram mãos que acenavam pacíficas e respondia satisfeito ao cumprimento.

"Três anos a seca assolou o país, trazendo miséria e lágrimas. Mas o rei alegrava-se com seu filho, Ahmad, um menino-prodígio em fazer poesia e tocar alaúde. Com doze anos, deixava para trás todos os cavaleiros do rei na cavalgada e no arco e flecha. Mais bravo que uma pantera, o jovem príncipe lutava com os leões que o rei mantinha no palácio. Nenhum outro ousaria imitá-lo. Tinha medo apenas da água: enquanto os filhos dos ministros brincavam no lago, o príncipe Ahmad ficava sentado às margens e observava os rapazes felizes."

– Eu imagino. Eu imagino! – Isam riu.

– Se você imagina ou não, guarde para si. Eu não gosto quando alguém mata uma história no meio – repreendeu o barbeiro, e Isam acalmou-o sem dizer palavra, acenando as mãos.

— Bem, Musa tem razão. A história vai ficar ainda mais divertida — prometeu Faris.

Junis queria dizer a ele que não estava achando a história engraçada, mas esperava ao mesmo tempo que ainda viesse uma boa história.

— Então, quando as provisões estavam quase no fim, o rei decidiu atacar um segundo reino vizinho. Nesse caso, ele mandou primeiro todos os escravos com armas leves, com o objetivo de esgotar o inimigo antes do seu exército real e, então... — E o Ministro contou novamente sobre a guerra desse regente. Ele parecia, embora representasse o rei criticamente em sua história, ter gostado de suas guerras. Cada fase da batalha ele descrevia, com exatidão, como as cabeças rolavam e como os guerreiros gritavam a plenos pulmões, apenas para se encorajar. O Ministro contava e contava e enfeitava cada ação e cada movimento do rei de forma tão detalhada que, no fim das contas, até seu ouvinte mais fiel, o barbeiro, fez companhia ao ferreiro há muito roncante e também adormeceu.

— E o que aconteceu com o príncipe? — Tuma quis levar o Ministro a outros pensamentos.

— O príncipe não queria se casar, embora já estivesse com trinta anos. Quando o rei sedento por pilhagens entrou na guerra dos cinco anos... — E, novamente, o Ministro contou histórias de conflitos. Tuma não ouvia mais, mesmo que o Ministro prometesse que a história ficaria mais divertida. Salim bocejou e desejou que o Ministro chegasse logo ao fim. Isam e Junis encaravam o contador de forma sombria: era nada mais, nada menos que morte e assassinato. Porém, a história devia ser divertida, se julgássemos pelo bom humor do Ministro. Apenas o Professor se pronunciava de tempos em tempos.

– Que formulação bela – ele louvava.

– E a seca? – perguntou o barbeiro, quando acordou pouco antes das 10h30.

– Ela perdurava, mas as guerras do rei trouxeram muitos despojos... – E o Ministro descreveu cada joia e cada incêndio de forma extremamente detalhada, como se quisesse compartilhar uma receita culinária. Por volta das 11h30 da noite, Mehdi, que até então tinha achado todas as formulações tão belas, começou a dormitar. Apenas Salim mantinha a postura e amaldiçoou o fato de ser obrigado a cumprir sua obrigação de anfitrião.

O Ministro parou, olhou o círculo em sono alto e gritou:

– E agora vem o fim! – E, quando o galo cantou, todos acordaram, arrumaram-se nas cadeiras e ouviram com atenção, na esperança de poder ir logo para casa. – Como eu lhes contava, o rei nunca ouvia. Seu reinado durou quarenta anos. Raramente deixava o palácio e, quando saía alguma vez, os guarda-costas batiam em qualquer um que ousasse se aproximar do rei. Um dia, o rei festejou a vitória que ele havia conquistado sobre um outro sultão. Essa guerra foi...

– Chega de guerras, onde está o fim? O que aconteceu quando o carniceiro desgraçado festejou? – Junis interrompeu, zangado.

– Está bem. Ele festejou a vitória. Seus súditos se reuniram na frente do palácio e amaldiçoaram o rei e seus ancestrais. Reclamaram pela perda de seus filhos. Quando o rei bebia algo, pedia para trazer uma tigela com moedas de prata. Ele ia ao terraço, tomava um punhado e jogava entre os súditos. Mas a mão trêmula era fraca, e a maioria das moedas caía no terraço diante dos seus pés. Bem, não se sabe exatamente como aconteceu, mas, quando ele lançava o segundo punhado, os guarda-costas curvaram-se para pegar as moedas, e o rei ficou pela primeira vez em quarenta anos desprotegido diante dos súditos. Uma flecha veio mais rápida que um piscar de olhos, e atingiu o rei no coração.

– Que belo isso que você disse. Deus abençoe sua língua – comentou o Professor.

– E a sua também – respondeu o Ministro. – Como eu disse, os guarda-costas abaixaram-se por um momento atrás das moedas, mas, antes que eles se levantassem, o rei estava caído no chão, morto.

"'O rei está morto!', gritaram os ministros, e os súditos comemoraram. O rei jazia lá. A maldição da bruxa valia apenas enquanto ele vivesse. Por mais de quarenta anos o rei não usara seus ouvidos. Eram novinhos em folha e continuaram a viver. Vocês sabem, os ouvidos abrem-se logo na barriga da mãe como a primeira janela para o mundo e se fecham como a última das lojas. Muito depois de os olhos, os pulmões, o coração e o cérebro deixarem a alma, os ouvidos ouvem tudo o que é dito, e, se o cérebro não foi muito forçado e usado em vida, então o morto também entende o que se diz. O rei tinha ainda cérebro o suficiente e os ouvidos poderiam ouvir muito bem durante anos. Eram quase novos. Então, o rei ouviu o clamor dos seus súditos e irritou-se deveras com ele.

"'Agora está lá caído, aquele idiota', o rei ouviu seu bobo da corte dizer. Queria dar-lhe um safanão, mas sua mão já estava morta. O bobo contava piadas sobre a estupidez de seu falecido senhor e, em vez de chorar, os ministros riam. O rei queria chutar o traseiro deles, mas suas pernas também estavam mortas há tempos. Entretanto, de repente, tudo ficou em silêncio ao lado dele. Espreitou, cheio de curiosidade. Ouviu passos ao longe. 'A rainha e o príncipe estão vindo. Fiquem quietos!', sussurrou o bobo, e quase se engasgou ao prender o riso.

"'O que aconteceu?', perguntou a rainha. 'Fui apenas por uma hora com o príncipe ao jardim e então veio o escravo Mas'ud e me trouxe a notícia terrível', soluçou ela.

"'Sempre dissemos a Sua Majestade que não deveria aparecer, mas, como a senhora sabe, ó rainha, ele não nos ouvia. Os guarda-costas abaixaram-se para pegar as moedas. Sempre dissemos que ele deveria deixar seus guarda-costas satisfeitos para que não se virassem nem agachassem para nada. Ele não nos ouvia e lhes pagava muito mal. Que pobre-diabo não pegaria as moedas tão almejadas? Nesse momento, uma flecha o atingiu. Se meu coração estivesse na minha mão, eu a teria posto na frente do dele.'

"O rei reconheceu a voz de seu vizir da ordem, que há pouco ria de se contorcer. *Um hipócrita*, pensou o rei. Ainda podia pensar um pouco.

"'E eu? Quantas vezes quis falar com ele', falou o príncipe Ahmad. O rei reconheceu uma certa peculiaridade na voz de seu amado filho. Não, não era apenas a tristeza profunda, sobre a qual o rei se alegrou um pouco. Não, uma inquietação o tomou porque ele percebeu uma doçura incomum na voz. O príncipe suspirou. 'Ele amava em mim aquilo que eu não tinha. Quantas vezes comecei uma conversa com ele para contar-lhe a verdade: sou uma mulher. Mulher!'

"O rei ouviu a voz do seu príncipe, e era o grito de alguém ferido. 'Mulher!', o rei ouviu o grito novamente. Quis fechar os ouvidos, mas não podia. 'Todos vocês o odiaram e lhe serviram com subserviência, mas eu o amei. Por trinta anos quis lhe contar que eu ia à jaula dos leões apenas por amor a ele, para provocar em seu rosto cansado um sorriso. Por trinta anos vivi apenas por ele. Sempre encontrava as mentiras mais terríveis para recusar as boas mulheres que se ofereciam para mim, para que eu escolhesse uma. Sempre esperei, por amor a ele, que ele morresse antes de descobrir a mentira de sua vida, mas hoje de manhã eu havia decidido deixá-lo viver com a minha verdade. Eu odiava sempre desejar a morte dele. Mas agora, quando eu decido dizer-lhe a verdade, ele está morto. Não pode me ouvir', soluçava Ahmad.

"O rei ouviu muito bem, e sentiu uma dor que até então lhe era estranha. Não, não lhe doeu a preocupação pelo trono. Ele queria dizer à filha que tinha ouvido e entendido, mas sua boca há muito estava morta. Porém, a dor era tão violenta que duas lágrimas vazaram de seus olhos mortos e rolaram sobre seu rosto.

"Esta era minha história, e desejo a todos vocês uma vida longa."

– Deus conserve sua saúde – respondeu o barbeiro com rosto pálido. De repente, Ali enterrou o rosto entre as mãos. Salim percebeu primeiro. Foi até o ferreiro e pousou a mão nos seus ombros.

– Que pobre-diabo é esse rei! – soluçou o ferreiro.

Salim balançou o ferreiro, devagar, para lá e para cá para livrá-lo da história e trazê-lo de volta ao pequeno quarto na viela Abara.

Depois de um breve momento, Ali voltou a si.

– Está bem, obrigado! – ele sussurrou.

O Ministro pousou a mão no joelho do amigo e olhou para ele, triste.

— Também tenho medo de morrer — murmurou ele, quase inaudível.

— Devo colocar uma carta para você? — brincou Isam com o ferreiro silencioso, mas este não respondeu. Naquela noite, Faris foi o primeiro a se erguer e segurou a mão de Ali por um tempo especialmente longo.

— Você será o ás e o mestre da última noite — ele encorajou o velho ferreiro.

— Vamos ver! — resmungou Ali ao sair.

12

Por que o velho cocheiro ficou triste com uma história que havia acabado de nascer.

Já passava da meia-noite quando os convidados foram para casa. Porém, Salim estava bem acordado. A lenha crepitava baixo na pequena fornalha. *A história começou e terminou triste, mas o Ministro matou o coração da história com sua falação*, pensou Salim. Que tortura o rei precisou sofrer na última hora sobre a Terra! Nem seu reino, muito menos seu exército puderam protegê-lo da dor. O Ministro contou a história de forma tão ruim que ele, Salim, apesar da sua memória de camelo, não sabia exatamente como era o meio dela. *Será que adormeci, como Musa e Ali?*, perguntou-se Salim, sem saber a resposta.

Com certeza, Faris havia escolhido uma história muito pesada. Nada existe de engraçado em alguém que não pode ouvir. Contudo, não se pode reverter uma história, tornando-a um hino de louvor a alguém que ouve bem, apenas para ser delicado com aquele que tem dificuldades em ouvir. Só faz isso o contador que acha seus ouvintes cretinos. Não, é preciso deixar de lado qualquer rodeio ao contar sobre aqueles que preferem não ouvir, embora tenham recebido dois ouvidos ao nascer. Como se poderia contar outra história sobre a mesma coisa?

Salim refletiu muito. Aqui e ali, ele se levantava e jogava um pedaço de lenha na fornalha para espantar o frio imenso no seu quarto. Seus pensamentos perambulavam nas profundezas do tempo e na distância dos países exóticos sobre os quais ele sempre contava histórias. Um vento varreu o telhado uivando. De repente, ouviu dois gatos vadios chiando na escuridão. Estavam brigando. Uma bacia de latão caiu no chão, barulhenta. Os gatos correram, assustados. O estrondo da bacia soou algumas vezes no grande pátio. Em seguida, o silêncio voltou. O vento também soprava bem baixo, como se não quisesse mais incomodar aqueles que dormiam.

Os olhos de Salim se arregalaram. De repente, estava lá a história que ele havia criado há mais de cinquenta anos. Ele nunca a tinha contado e, assim, ela apenas dormitou durante todos esses anos em seu coração. A história havia sido pensada num penhasco, naquela época, quando ele ouviu pela primeira vez o ecoar do seu chicote. Agora, ela se desenvolvia nos seus pensamentos.

Era uma vez, Salim escutou a voz da sua memória, um rei que ouvia mal. Quando seus súditos vinham até ele, ele os interrompia após a primeira frase e gritava: "Basta! Eu acredito. Guardas, deem a este homem mil liras de ouro!", ou: "Basta, eu não acredito. Guardas, deem nele oitenta chibatadas e ponham-no para fora!", era o que ele dizia segundo seu humor. Não *queria* ouvir e, como ele não ouvia mesmo, também era injusto na sua compaixão. Um dia, o bobo da corte foi até ele. O rei estava se sentindo bem e pediu para o bobo contar uma história.

O bobo da corte sentou-se aos pés do rei e contou:

— Contaram-se um vez, ó poderoso rei, que na terra dos gênios, Deus nos proteja de sua ira, nos tempos antigos, muito antes de o homem pisar a Terra, vivia um gênio que perambulava com sua mulher nas cavernas profundas e nos abismos. Entre os seus, esse gênio era conhecido por não conseguir ouvir direito. Quem mais sofria com isso, porém, era sua mulher, pois ele tinha o costume não apenas de não ouvi-la, mas também de declarar tudo que ela contava como idiotice. Em tudo ele retrucava e nada que ela lhe contasse de coração ele escutava.

"Um dia, ela brigou com ele e, como ela insistiu na sua razão, o gênio bateu em sua esposa. O mais terrível, porém, foi que ele quis explicar em seguida, de forma suave e bondosa, por que suas pancadas seriam úteis a ela. Suas palavras pingavam mel, mas as juntas da mulher doíam. Ela o amaldiçoou: a partir daquele momento, ele teria duas bocas e um ouvido. O deus dos gênios estava pairando naquele instante sobre o abismo no qual a mulher-gênio amaldiçoava o marido de todo o coração. Ele ouviu as maldições e teve compaixão pela mulher. E, como sempre ouvia coisas ruins sobre aquele gênio, realizou o desejo da pobre esposa: o gênio adormeceu e, quando acordou, de repente estava com duas bocas, uma sobre a outra, e uma pequena orelha na testa, do tamanho de um grão-de-bico. Suas duas orelhas jaziam como duas folhas outonais, murchas, sobre o travesseiro.

"No início, o gênio se alegrou muito e agradeceu de joelhos ao deus dos gênios aquela bênção, pois conseguia falar mais rápido e alto. A partir daquele momento, ele não pararia mais de falar. Mesmo quando estivesse comendo ou bebendo, ele ainda falaria com a outra boca.

"Os outros gênios não entenderam o castigo do deus dos gênios, pois agora aquele gênio poderia interrompê-los ainda mais, e com a outra boca responder. Também a mulher, que não dava conta de uma boca, estava quase desesperada, pois à noite o ronco dele estrepitava de duas bocas.

"O gênio ouvia apenas suas duas vozes, e em algum momento suas palavras viraram um muro invisível que o separava de seus amigos e inimigos. Todos os gênios o evitavam, como se ele fosse a peste. Ninguém mais prestava atenção a suas palavras. Nem mesmo sua mulher queria ouvi-lo. As palavras são flores encantadas e sensíveis que encontram solo fértil apenas nos ouvidos do outro. Porém, suas palavras não encontravam mais ouvidos, murchando assim que saíam dos lábios.

"Logo, o gênio sentiu-se miserável com suas palavras mortas. Na solidão, finalmente reconheceu sua estupidez. A partir de então, ele pagou sua penitência. Calou-se com as duas bocas e ouvia com o ouvido mínimo tão bem como antes com as duas orelhas não conseguia. Com o coração, ele implorava ao deus dos gênios que lhe desse uma segunda orelha para que pudesse ouvir ainda melhor. Fez isso por anos. Sua mulher tinha pena dele. Os vizinhos das cavernas próximas, das minas d'água e vulcões esqueceram sua ira contra ele e imploraram ao seu criador que perdoasse ao pobre coitado. O deus dos gênios, porém, ressentiu-se ainda por alguns anos e, naquela oportunidade, não permitiu acesso ao seu palácio a nenhum suplicante. Apenas depois de mil e um anos ele concedeu uma audiência ao gênio infeliz.

"'Arrependeu-se por suas maldades?', perguntou, zangado.

"O gênio concordou com a cabeça.

"'E fará de tudo para ter novamente duas orelhas e uma boca?'

"O gênio estava preparado para qualquer sacrifício.

"'Então, você receberá agora, em vez da segunda boca, mais uma orelha. Mas, para isso, você terá de repetir todo grito e toda frase, seja de gênios, animais ou pessoas. Ai de você se ignorar até o fim dos tempos o cricrilar de uma cigarra.'

"'Seu desejo é uma ordem, senhor da minha alma. Vou cumpri-lo até o fim dos tempos. Abençoe-me, por favor, com uma segunda orelha. O Sol e a Lua são minhas testemunhas', disse o gênio emocionado com sua única boca, novamente.

"Desde então, esse gênio repete cada grito e cada frase de pessoas, gênios ou animais nos abismos, nas cavernas e nos penhascos. Ele nunca ignorou sequer o ruído de uma pedrinha rolando."

O bobo da corte fez uma pausa, ensimesmado.

– E como chama esse pobre gênio? – o rei quis saber.

– Eco! – respondeu o bobo.

A manhã raiou e Salim lembrou-se da história até o fim. Sentiu-se deprimido e surpreendeu-se com isso, pois, quando no passado ele contava histórias, sentia-se aliviado logo em seguida. Por que sentia, agora, tanta tristeza em seu coração? Só então ele pensou que seria porque a história em sua lembrança ficava sem qualquer beleza. Não, esse não era o motivo de sua melancolia, pois ele guardava todas as histórias em sua memória assim mesmo, nuas. Porém, era apenas quando ele as contava que desenvolvia seus pensamentos, dando às histórias nuas a roupa, o cheiro e o andar adequados. Somente contadores ruins guardam as histórias com tudo que lhes é devido, de cor em sua memória. O que lhe queimava o peito era que ele não podia contar essa história para ninguém: Salim reconheceu que uma história precisa de no mínimo duas pessoas para viver.

O cocheiro enfiou um pedaço de lenha na fornalha e sentou-se na grande cadeira diante dela. As chamas dançavam ao redor da madeira, felizes. Elas se aconchegaram de leve na sua pele cascuda, como se quisessem acariciá-la. A lenha permaneceu indiferente e fria por um momento. Ignorava a sedução das chamas, mas o fogo lambia com doçura seu corpo e não parava de lhe fazer cócegas na alma com versos quentes. Algumas pontas e cantos afiados ignoraram as admoestações do tronco e desistiram de sua postura rígida. Abraçaram o fogo. A lenha anunciava sua indignação crepitando, mas aos poucos sua resistência cedeu e ela dançou com altos brados numa única chama. Depois de um certo tempo, a madeira e a chama fundiram-se numa incandescência, que sussurrava baixinho no travesseiro macio das cinzas.

Quando Salim acordou, já era meio-dia. Ele pulou da cama e tirou o pano da gaiola. O pintassilgo pulou e alegrou-se com a luz, bebeu do seu copinho d'água e trilou alto.

Salim ficou surpreso por ter passado a noite toda na cadeira diante da fornalha. Porém, não sabia mais se havia pensado ou apenas sonhado com sua história.

13

A sétima chave para a língua ou por que os velhos galos de briga cantaram numa harmonia desafinada.

Novembro começou seus dias com chuva. Os camponeses alegravam-se depois da longa seca, quando a chuva tintilava sobre seus campos. Mas não os damascenos. Eles resmungam sobre a umidade e o céu escuro. Outubro pôde passar em silêncio com suas vestes inimitáveis, depois de agradar as pessoas com tantas cores quentes, até elas esquecerem que era um prenúncio do inverno. Então, novembro precisava transmitir essa mensagem desagradável aos damascenos. Ficou bem frio por nove dias, mas, no décimo dia de novembro, o verão parecia ter voltado.

Conta-se que todo dia tem uma alma. Existem dias bons e maus, chatos e fascinantes, quentes e frios. Existem dias que se sentem desconfortáveis na companhia dos seus iguais e correm deles. Quem entende o que acontece num dia que abandona o verão maravilhoso para surgir, num repente e sem aviso, no meio do inverno?

O sol brilhava naquele dia sobre a cidade antiquíssima. Os damascenos, quando não reclamavam em suas oficinas e em seus escritórios que precisavam trabalhar num dia daqueles, saíam simplesmente para olhar o céu ou beber um café uns com os outros no pátio e falar sobre noivados, resfriados e calhas quebradas. À tarde, as vielas reviviam com crianças travessas, que queriam dispersar toda a energia acumulada pelo frio num dia igual àquele; por isso, num dia assim, muitas vidraças se estilhaçavam.

Quando naquela tarde a vidraça do carteiro Chalil se quebrou com uma bolada, a mulher dele se levantou, rápida, chamou seu filho de quinze anos, deu a ele o dinheiro para os reparos, insistiu para que ele se apressasse e voltou para sua roda de conversa embaixo do grande limoeiro. No sol quente do verão, essa mesma mulher teria amaldiçoado os ancestrais do delinquente até a quarta geração por aquele vidro de janela. Nenhum vestígio de ira se revelou em seu rosto. Ela ria com vontade. Depois de quase meia hora, uma das crianças falou o nome do culpado bem alto na roda das mulheres. A mãe dele também estava presente. Em vez de repudiar o ato do filho ou trivializá-lo, desculpou-se pelo mau comportamento da criança – o que uma mãe em Damasco raramente faz –, e a mulher do carteiro apresentou as mais doces palavras como resposta.

O belo tempo manteve-se até o fim da tarde. Quando o sol baixou, as nuvens se uniram e enxotaram o dia de verão, como se para elas a hospitalidade tivesse sido um pouco demais para um rebelde. Porém, os rebeldes não justificavam sua fama, deixavam-se subverter por qualquer vento. O dia de verão lutou desesperado contra as nuvens. Cada vez mais melancólica, a noite se impôs sobre o seio da cidade.

Salim e seus convivas esperavam ansiosos pelo ferreiro. Escurecia aos poucos, mas Ali não veio. Assim que o relógio da torre bateu oito vezes, todos sentiram como o ar estalava no pequeno quarto.

– Onde está o camarada? Faltam apenas quatro horas até a meia-noite do próximo dia! – gritou o Ministro. Não havia terminado suas palavras quando o ferreiro entrou no quarto com sua mulher, a gorda Fatmeh.

– Boa noite – Fatmeh cumprimentou a roda de homens, que a encarou estupefata, empurrou o barbeiro para o lado e, assim que este abriu espaço, desconcertado, ela se sentou ao lado do velho cocheiro, como se buscasse a proteção dele. Os velhos senhores responderam ao cumprimento como manda o figurino, mas raiva lhes brotava de todos os poros do rosto. Era a primeira vez em mais de dez anos que uma mulher participava do círculo.

– Nunca contei história nenhuma na minha vida – disse o ferreiro na roda emudecida. – Meu amigo Salim sabe muito bem disso. Quando eu era criança, sempre quis contar histórias, mas meu pai me advertia: "Criança, cala-te; tua conversa te expõe. A cada frase verdadeira que proferires, ficarás um pedaço mais nu e mais vulnerável". Minha mãe, Deus abençoe a alma dela, sempre acrescentava: "Criança, quando mentes para esquivar-te, o telhado sob o qual te escondes fica um pedaço maior, até te sufocares embaixo dele". Nunca contei histórias para não engasgar nem me machucar. Acho que não escolhi a profissão de ferreiro por acaso. Ferreiros falam pouco. Era sempre tão barulhento na oficina que a gente gritava apenas o necessário um com o outro. Fiquei sem dormir a noite toda. Seria ruim se eu falhasse e meu querido amigo Salim precisasse ficar mudo para sempre. Mas eu não conseguia encontrar nenhuma história na minha memória. Quando minha mulher soube da minha preocupação, falou que, então, ela gostaria de contar uma história para Salim.

– Não sei – observou o Ministro – se a fada estará de acordo com isso. Ela não disse que os presentes precisavam ser dados por nós, seus amigos? – ele se certificou com Salim. Mas o velho cocheiro negou com um sacudir veemente de cabeça. Decepcionado, Faris franziu a testa e recostou-se.

O barbeiro revirou os olhos, o Professor murmurou algo para si mesmo e o dono da cafeteria olhou para a porta fechada como se algo lá pudesse aliviar sua preocupação. Apenas Isam e o emigrante Tuma sorriram para a mulher.

– Vim até Salim, Excelência, não estou sentada com você para que decida sobre a minha visita – disse Fatmeh, irritada.

– Diga a sua mulher – gritou o Ministro e empertigou-se – que ela deveria tomar cuidado quando fala!

– Se ainda fosse um ministro estudado... – sussurrou Ali.

– Mas fosse você ministro ou verdureiro, é da minha conta o que minha mulher diz – ele continuou com voz alteada.

– Você bateu à porta – apoiou o emigrante Tuma. – Quem bate à porta precisa aguentar a resposta.

– Se você é tão esperto – Musa lançou para o Emigrante –, então me dê a resposta. Eu bato a sua porta agora: por que apenas Fatmeh pode participar da nossa roda? Por que minha mulher não...

– Acalme-se, rapaz – Isam espetou o barbeiro. – Quem proibiu você? Hein? Quem?

Uma briga terrível estourou entre os senhores. Junis também não conseguia entender por que apenas Ali podia trazer a esposa. Formulou isso de forma tão hábil que Musa fez uma careta ainda mais ofendida. E todas as brigas foram trazidas à tona. A presença de Fatmeh não era mais importante, mas sim porque o barbeiro louvava o presidente Nasser como salvador da Síria, embora dois sobrinhos do dono da cafeteria e uma professora, que os netos do ferreiro amavam sincera e profundamente, estivessem há meses na cadeia sem motivo. Fatmeh não ouvia nenhuma palavra mais. Tirou sua caixinha de tabaco e enrolou para si um cigarro bem fino.

De repente, a mãe de Fatmeh estava novamente lá. Era uma parteira chamada Leila, conhecida e temida durante toda a sua vida. Contavam-se as histórias mais engraçadas sobre suas mãos encantadas, com as quais ela ajudou muitas crianças do bairro a nascer. Porém, os moradores da vila entusiasmavam-se ainda mais pelo encanto de suas histórias. Ninguém queria ser inimigo da parteira Leila, pois ela não conseguia apenas interpretar sonhos e estrelas, mas também misturar venenos. Sua origem desconhecida era misteriosa e aterrorizante, e ainda mais misterioso e aterrorizante foi seu desaparecimento repentino. Quando sumiu, uma noite após o casamento de sua filha Fatmeh, Leila nunca mais foi vista. Apenas Fatmeh sabia mais sobre o fato, mas escondia seu conhecimento como um segredo dos mais íntimos.

– Filha – disse a sábia mulher como despedida –,você precisa saber que não sou de vocês. Fiquei dezoito anos em Damasco até você ficar adulta. Agora você também encontrou um bom companheiro. Ali tem um bom coração. Alegre-se com a vida, mas não se esqueça de contar ao homem a história da mulher que obrigava o marido quase surdo e falastrão a ouvi-la com esperteza e astúcia. Conte-lhe logo a história, pois, enquanto os homens estão apaixonados, ouvem as histórias e entendem melhor.

Com isso, a mãe encerrou e partiu. Rejeitou todos os pedidos da filha de esperar mais uma hora até Ali ter voltado da mesquita para se despedir dele.

– Por que se despedir? – perguntou a mãe. – Estou deixando você aqui. Você é um pedaço da minha alma – ela completou, beijou a filha e foi embora.

Fatmeh não conseguiu contar a Ali essa história nem na primeira noite, nem nos dias e anos seguintes. Para ela, parecia que Ali era um pouco surdo, e não falava palavra, nem mesmo na primeira noite. Sentiu que ele a amava e desejava muito, ainda que nunca o dissera. Falava apenas o mais necessário, breve e baixo.

Fatmeh olhou para o círculo dos velhos galos de briga. Que estardalhaço faziam aqueles vovôs, apenas porque ela queria contar uma história! E seu Ali, por que ele ficou tão surpreso quando ela lhe disse naquela manhã que poderia contar a Salim não apenas uma, mas cinquenta histórias? Viveu ano após ano, dia após dia com ela e, no entanto, ele falou com ela como se fosse uma estranha:

– Você consegue mesmo fazer isso? Conte primeiro para que eu ouça se sua história é digna dos meus amigos.

Sim, "digna", ele disse. Ele, que não tinha ideia de como contar uma história, elevou-se a mestre dos *hakawatis* e queria testá-la.

Mas por que ela sentia, com o passar dos anos, cada vez menos vontade de contar uma história a Ali? A cada nascimento de um dos seus filhos, uma vida nova surgia na casa, mas, em vez de mais, Fatmeh e Ali contavam-se cada vez menos histórias. Também comentou isso a filha deles, Rahime, que vivia com um homem falador: por que o conversar ficava cada vez menor em vez de maior quanto mais as pessoas viviam juntas? Fatmeh ponderou sobre isso.

— Este é o motivo... — ela finalmente sussurrou, quase inaudível, e afundou-se novamente nas lembranças.

Sua mãe havia explicado para ela há mais de cinquenta anos:

— Porque, quando a paixão se separa dos casais, as pessoas contam cada vez menos histórias umas para as outras.

Sim, a própria Fatmeh começou a gaguejar depois de alguns anos de casamento com Ali, quando ele vinha da oficina, enquanto ela contava história aos filhos ou às vizinhas. Sempre tinha medo de que achassem suas histórias bobas. Com Salim era diferente. Quando ele a visitava, ela jamais gaguejava ao contar histórias. Ele gostava das histórias dela, disso ela sempre soube. Assim, ela pensou quando Salim lhe esticou um chá de hortelã. Ela olhou para cima, tomou o chá e acompanhou entediada a briga que se desenrolava. O rosto dos senhores ficava cada vez mais sombrios.

— Vou tomar meu chá e ir embora — falou Fatmeh. — Perdoem-me se eu disser que sua recepção não foi digna da minha história. Não dá para contar história nenhuma a pessoas com o rosto tão retorcido. — Fatmeh fechou os olhos. — Não! Pela alma da minha mãe, se vocês não pedirem para eu contar a história, vou embora — ela falou, muito calma.

Ali tremeu, pois nunca tinha ouvido Fatmeh falar com tanta dureza. Salim, ao contrário, ficou com o rosto iluminado, como se as palavras de Fatmeh fossem um buquê com mil e uma flores. Ele se levantou e beijou-a na testa. Era a primeira vez que o cocheiro fazia aquilo em mais de cinquenta anos de amizade, e as bochechas dele ficaram incandescentes quando Isam disse:

– Ó, queria ser o Salim! Por esse beijo eu poderia ficar um ano emudecido.

Ali sorriu, aliviado.

– Digo, se isso ajudar o Salim, não tenho nada contra – disse o Ministro por fim como primeiro do *front* da resistência e sorriu. A ele seguiram o Professor, o barbeiro e, por último, Junis.

– Muito bem – gritou Isam.

– Maldita seja a briga no seu túmulo. Já são 9h30 – completou Tuma.

Porém, Fatmeh não comemorou sua vitória, mas bebericava seu chá calma e vagarosamente num silêncio desafiador.

– Conte-nos sua história, por favor! – disse o barbeiro.

– Vou contar a vocês uma bela história das bruxas egípcias – ela disse, e um sorriso tímido adornou por um momento seu rosto.

– Se é bela, queremos julgar apenas mais tarde, se eu puder fazer a observação – resmungou o Professor.

– Vamos ficar quietos agora? – Isam gritou ao Professor.

– Para saúde e alegria de vocês, contarei a história. Que Deus dê uma vida longa e feliz apenas para aquele que bem ouvir – continuou Fatmeh. – Era uma vez, há muitos, muitos anos, uma bruxa muito esperta chamada Anum. Vivia no Antigo Egito, muito antes das primeiras múmias e pirâmides. Foi a primeira mulher que pôde aprender com o grande sacerdote Dudochnet a arte da alquimia, da fabricação de cerveja e da feitura dos papiros. Quando este estava no leito de morte, nomeou Anum sua sucessora, 'Pois', assim disse ele aos sacerdotes ao redor dele, 'apenas ela conseguirá encontrar a pedra filosofal'...

– Esta história eu conheço. O faraó primeiro recusará e dará sete difíceis tarefas para Anum. Mas ela resolve todas, não é? – interrompeu o Ministro.

– Sim – respondeu Fatmeh.

– E ela encontra a pedra filosofal? – Isam quis saber.

– Sim, ela encontra – disse o Ministro. – E quem lambe uma poeirinha dela, vira um gênio, não é? As pirâmides foram construídas pelos arquitetos que engoliram uma lasquinha dela, do tamanho de uma lentilha. Na época, as abelhas espalhavam o mel por todo o canto, antes de os egípcios as ensinarem a fazer favos com a cera...

Salim balançou a cabeça e olhou para o Ministro com raiva. Faris parou e virou-se para Fatmeh.

– Ó, perdão! Eu interrompi você!

– Não tem nada – disse Fatmeh, mas nos ouvidos do velho cocheiro a voz dela tinha gosto de fel. – Esta história e centenas de outras a Excelência pode saber, mas a história a seguir ninguém na Terra ouviu, nem mesmo meu Ali a conhece. Então, ouçam ou me deixem ir para casa!

– Pelo amor de Deus! – gritou o barbeiro. – Conte, Fatmeh, por favor, conte!

– Era uma vez uma jovem. Seu nome era Leila. Não era bela e não era feia, mas tinha uma língua abençoada, como nosso Salim sempre teve e, esperamos, logo terá de volta. Muito bem. Leila perdeu seus pais muito jovem e viveu a partir de então com seus avós, num vilarejo montanhês ao norte do Iêmen. Desde criança, Leila sempre quis ouvir histórias, e o que ela ouvia ficava eternizado no seu coração. Nada no mundo podia fazê-la esquecer uma história. Pois, enquanto as outras jovens se maquiavam o dia todo e passeavam empinadas até a fonte do vilarejo para se exibir aos homens, Leila preocupava-se apenas com suas histórias. O camarada mais forte do vilarejo a atraía menos do que uma pequena fábula, e o homem mais belo não poderia ocupar seu coração como uma anedota. Leila não media esforços para ouvir um novo conto, mesmo que ela precisasse caminhar durante dias por montanhas e estepes perigosas.

"Seja como for, os anos passaram e Leila transformou-se na contadora de histórias mais conhecida em todos os cantos. Nas noites de contação, ela encantava não apenas seus ouvintes, mas ela mesma ficava fascinada pelas histórias. Conseguia falar com as estrelas, os animais e as plantas, como se ela fosse a fada mágica de todas as suas histórias. Contava-se que suas palavras tinham uma força encantatória, que um dia falou sobre a primavera por tanto tempo a um tronco de árvore frágil que o tronco voltou a criar brotos jovens. Leila não contava histórias apenas para pessoas, animais e plantas; ela confiava seus contos também ao vento e às nuvens. Uma vez, podem acreditar, houve uma seca implacável. Os camponeses oravam e oravam, e apenas Leila não o fazia. Ela foi até o monte mais alto e esperou lá até ver uma pequena nuvem que corria apressada pelo céu. Leila começou a contar uma história. A nuvem parou e ouviu, e logo se juntaram muitas nuvens, de forma que o céu ficou coberto com elas. Quanto mais a história ficava emocionante, mais escuras ficavam as nuvens e, quando a história chegou a seu ponto mais alto, Leila a interrompeu e gritou para as nuvens: 'Se quiserem ouvir a continuação, então desçam!'. As nuvens piscaram e desceram, rápidas, como chuva torrencial, apenas para ficarem mais perto de Leila.

"Um dia, no meio do verão, as pessoas se assustaram e choveu a cântaros. A terra ficou macia e as andorinhas esconderam-se nos ninhos e nos altos penhascos. No fim da tarde, os cães uivaram de forma estranha. Quando o sol se pôs, os moradores do vilarejo ouviram pedidos de ajuda e gritos de dor de uma gruta profunda que não ficava longe da cidadezinha. Alguns dos homens e das mulheres mais corajosos se aproximaram da caverna, mas tremiam de medo a cada grito.

"'É um monstro', disse o mais velho do vilarejo.

"'Um monstro? Por que grita por ajuda?', perguntou-se um velho camponês.

"'Talvez sejam gritos de pessoas que ele está devorando!', supôs uma parteira.

"'Ou o monstro quer nos atrair. Meu pai contou para mim que os crocodilos do Nilo se escondem nos juncos altos e choram como um bebê, até que a mãe que lava roupas no rio ouve o grito e corre de pronto para onde ela acha que um bebê caiu na água. Mas, lá, a fera espreita e ataca.'

"'Meu avô contava que as hienas às vezes dão risadinhas...', quis confirmar o sapateiro.

"'Sejam crocodilos ou hienas', interrompeu um cavaleiro, 'é obrigação de um iemenita atender aos gritos de ajuda e estar disposto a fazer sacrifícios.' Ele tomou uma lança e correu para a caverna, mas, além dos gritos de ajuda, nada mais voltava da caverna rochosa.

"Naquele dia, tudo ficou silencioso na caverna, mas noite após noite as pessoas da vila ouviam gritos cheios de dor que imploravam misericórdia. Os adultos não ousavam chegar perto da caverna, mas a curiosidade sempre atraía as crianças para lá.

"Na primeira semana, duas crianças desapareceram, uma menina e um menino. Os camponeses tinham certeza de que o monstro havia levado as crianças para a caverna e as devorado lá dentro. Crianças começaram a desaparecer com frequência. Ninguém jamais tinha visto o monstro, mas, quando os camponeses falavam dele, descreviam cada dente da bocarra e cada garra. Depois de um mês, ninguém mais ousou falar seu nome. Assim, quando as pessoas falavam do monstro, falavam da 'coisa da caverna'."

Fatmeh fez uma pausa, pegou a lata de tabaco e enrolou cuidadosamente um cigarro muito fino.

– Exatamente como hoje – disse Isam, que não conseguia mais aguentar o silêncio. – Quando alguém é preso, dizemos que ele foi levado até a tia. E chamamos o primeiro-ministro de Abdul Devorador-de-Franguinhos.

– Pensei que ele chamasse Abdul Engolidor-de-Dinheiro – Ali se pronunciou.

– Não, essa é velha – interrompeu Faris e riu. – Hoje, meu filho o chama de Monsieur Abdul *Foie-Gras*, pois ele manda trazer de Paris o patê famoso.

– Bem, e o ministro do interior chama-se o Tambor, porque ele é escandaloso e vazio como um tambor – Isam tomou novamente a palavra.

– Seja como for – recomeçou Fatmeh e tragou do seu cigarro –, quando alguém falava da "coisa da caverna", os camponeses gritavam: "*Ausu billah minal Shaitan alradshim*", para se proteger do demônio. Um dia, Leila acordou de um sonho estranho, vestiu-se e despediu-se de seus avós com as palavras: "Vou até lá, onde meu sonho me chamou. Não chorem, meu sonho não vai me mandar para a desgraça.

No meu sonho, vi as trinta crianças desaparecidas rindo na entrada da caverna. É hora de trazer essas risadas de volta ao vilarejo".

"'*Ausu billa minal Shaitan alradshim!*', gritaram os avós como se por apenas uma boca.

"'Eu quero ir', disse Leila, decidida. 'Minhas milhares e milhares de histórias me ajudarão', disse ela, e correu para fora. Um bando de crianças a seguiu até ela olhar para trás uma última vez, acenar e seguir até a caverna.

"'Leila desapareceu na caverna! Leila desapareceu na caverna!', ecoavam os gritos das crianças nas vielas quando vieram correndo para o vilarejo no fim da tarde. A triste notícia passou de casa em casa, e chegou até o último recôndito do vilarejo ainda antes de o sol se pôr. Ao escurecer, as pessoas ouviram gritos pedindo ajuda no vilarejo, e muitos reconheceram a voz de Leila. Muitos vizinhos expressaram seus pêsames aos avós, e muitos sussurravam, escondendo a boca com as mãos, que sua suspeita há muito acalentada havia se confirmado: Leila havia sido maluca, desde o nascimento.

"No entanto, Leila viu uma pequena luz tremeluzir nas profundas da caverna. Foi devagar e surpreendeu-se com as formas petrificadas que se amontoavam no caminho. Nenhuma mão humana e nenhum cinzel do tempo poderiam representar melhor as pessoas ali, paralisadas no momento da fuga. Nenhuma casa de botão, nem cabelo, tampouco as pérolas de suor faltavam às figuras de pedra que seguiam todas na direção da entrada da caverna.

"Estava tão silencioso na caverna que Leila conseguia ouvir as batidas do próprio coração. Depois de um tempo, ela chegou a uma grande abertura na rocha. Em todos os lugares havia pedras como no corredor, pessoas que observavam, com olhos arregalados de medo, a abertura. Em todos os lugares queimavam grandes velas de cera de abelha. Num canto havia mais de dez colmeias, e no canto contrário a água brotava de uma fenda na rocha e vazava por outra. As abelhas zumbiam e saíam da gruta por um buraco no teto do rochedo. Leila não via sinal de monstro. Caminhou pela galeria e procurou entradas secretas quando, de repente, deparou com um ser repugnante. Deus nos proteja daquela visão! Estava deitado numa laje de pedra.

"Leila escondeu-se rapidamente atrás de um monte de cascalho e esperou, mas não havia passado nem uma hora da caída da noite quando o monstro acordou. Sua aparência era tão horrível que prefiro nem descrevê-la para não estragar a noite de vocês. O monstro pegou um pouco de mel para si e reclamou, choroso, de sua má sorte.

"Logo que Leila sentiu o medo em suas pernas, fechou os olhos por um instante e tomou para si, de uma fábula que guardava bem na memória, a coragem de uma mãe leoa ferida. Essa coragem de mãe faz até o guerreiro mais forte tremer.

"Devagar, Leila abriu os olhos e não sentiu mais o tremor nas mãos, embora as pedras chacoalhassem terrivelmente com cada grito do monstro. Leila ergueu-se e caminhou com passos firmes até a criatura, que a olhou surpreso, então enterrou o rosto nas mãos e gritou: 'Vá embora, senão eu a devoro, vá!'.

"'*Salam Aleikum!* Vou ouvir, mas não obedecer. Não vim para ser expulsa!', disse Leila, e continuou a andar até o monstro.

"'Vá, eu estou condenado e amaldiçoado, e quem me toca se transforma numa fera!', o monstro implorou para Leila.

"'Isso é inédito, do contrário eu saberia de uma história sobre tal fato', respondeu Leila, e tocou a mão melada e coberta de escamas esverdeadas do monstro. 'Conte-me a sua história', ela pediu.

"'Como eu poderia? Cada palavra da minha infelicidade pesa como uma montanha no meu peito. Cada letra se transforma numa faca. Quando eu quero dizê-las, elas me cortam a garganta', resmungou o monstro e chorou.

"'Então, eu conto uma história a você. Se ela não puder ajudá-lo, ao menos poderá espantar sua tristeza.'

"Leila contou ao monstro a história das sete irmãs."

Fatmeh voltou-se ao círculo que ouvia atento e disse:

– Esta história das irmãs é longa, honrados ouvintes. O tempo desta noite não é o bastante para ela, mas prometo contá-la outro dia. Bem, quando Leila descreveu o destino das irmãs mais velhas e o quanto elas precisaram lutar por sua felicidade, o monstro se acalmou. Não chorava mais e ouvia bem atento. Pouco antes do raiar do sol, ele estava com a cabeça deitada no colo de Leila e ouvia suas palavras como uma criança. O monstro estava tão calmo que Leila pensou que havia adormecido. Ela parou a história, mas de repente o ser sussurrou, cheio de preocupação: "E então, o que ela fez para sair da cadeia?". Cansada, Leila sorriu e continuou a contar a história. Deu meio-dia e anoiteceu, e Leila contava as histórias, e, quando ela queria parar, o monstro implorava que continuasse.

Apenas quando o sol do segundo dia chegou ao ápice, o monstro adormeceu. Leila pousou a cabeça dele numa pedra e foi até a fonte. Refrescou-se na água fria e, despercebida, esgueirou-se para fora da caverna. Nos campos próximos, ela encheu o vestido que havia tirado com romãs, figos, uvas e espigas de milho e correu de volta para a caverna. Comeu o quanto pôde, dormiu o máximo que conseguiu, e esperou até que o monstro acordasse. E, então, contou a ele do sofrimento e da sorte das duas irmãs. A noite veio e a alvorada também, e o monstro ouvia as histórias como uma criança até adormecer. Por sete noites, Leila entreteve o monstro com suas histórias. Ele não chorava mais.

"Quando a sétima e mais nova irmã, na sétima noite, caiu em desgraça perante o seu pai, o rei, e o juiz deu a sentença de que ela seria decapitada se ninguém se sacrificasse por ela, o monstro se levantou indignado.

"'Mas ninguém iria querer deixar sua vida para salvar a vida da irmã mais nova', falou Leila, emocionada.

"'Sim, eu!', gritou o monstro, de repente. 'Ela não tem culpa. Eu dou minha vida para que ela continue a viver!'

"Quando o monstro falou essas palavras, sua pele se partiu estalando e do casco saiu um belo jovem. Era tão belo quanto o orvalho nas pétalas das rosas. Estava livre do feitiço.

"'Sou o príncipe Jasid', falou ele e olhou Leila no fundo dos olhos. 'Você me livrou do meu sofrimento. O que você quiser, eu vou realizar.'

De repente, Leila e o príncipe ouviram centenas de crianças dando risadinhas. As crianças petrificadas foram libertadas com o príncipe e riam dele, porque estava nu em pelo. Também as outras crianças, que haviam sido paralisadas na fuga, estavam livres. Ouviram as risadas na caverna e olharam curiosas lá para dentro. Depois de um tempo, foram até o vilarejo e contaram que um jovem nu morava na caverna e que ele era muito tímido e ficara vermelho com sua nudez. Leila estava muito bem e ela se banhava na água fresca, enquanto o jovem assava espigas de milho para eles numa pequena fogueira. Os pais, que sentiam saudades dos filhos, dançaram de alegria, e todo o vilarejo entrou numa felicidade entusiasmada.

"'De todos os amigos que me seguiam', contou o jovem, 'restaram apenas essas abelhas, que me davam luz e mel. Todos os outros se assustaram comigo e foram transformados em pedra. Agora quero contar a você minha história desde o início. Você mal vai acreditar. Meu pai, rei Jasid I, reinava há mais de vinte anos no feliz Iêmen. No dia do meu nascimento, ele teve um sonho...'

"E o príncipe Jasid contou a Leila sua história realmente incrível. Contou-a por três dias, e para ela infelizmente o tempo também é muito curto, mas, se eu viver bastante, contarei para os senhores, com certeza. Como eu disse, o jovem contou sua história e, quando chegou ao fim, saiu com Leila. Lá fora, diante da caverna, as pessoas aguardavam há dias, pois tinham ouvido sussurros e risos vindos da barriga da gruta, mas ninguém ousara botar um pé que fosse ali.

"'*Salam Aleikum*, bons avós, vizinhos e amigos desta contadora de histórias que me libertou da maldição, de forma que as palavras do meu coração buscaram a luz como borboleta', gritou Jasid, e os camponeses festejaram. E Jasid continuou: 'Neste ato declaro, como príncipe de Sana e filho do rei Jasid I, que desejo desposar Leila!'.

"'Teu desejo é uma ordem', gaguejaram os avós em reverência.

"As pessoas da vila deram vivas ao rei e ao sucessor do trono, e os avós choraram lágrimas de alegria. Porém, Leila ergueu sua mão pequenina. 'Não, meu príncipe. Você é bondoso, tem bom coração, mas quero sair pelo mundo. Seu palácio é fixo e vai me prender de forma tão dolorosa como as escamas que o atormentaram por anos. Seja feliz!'

"'Mas...', o príncipe quis expressar seu descontentamento. "Não tem mas, meu príncipe. Você prometeu realizar tudo o que eu desejasse... Ou suas promessas são levianas, quebrando-se facilmente?', ela falou, e saiu de lá sem pressa. As pessoas olharam para ela boquiabertas. Muitos finalmente se convenceram de que Leila era maluca.

"Seja como for, o príncipe voltou para a capital. Mandou lançar o vizir traidor que o havia transformado num monstro nas masmorras. Por gratidão, presenteou os avós de Leila com sete camelos carregados com seda, prata e ouro.

"Mas Leila saiu pelo mundo. Das montanhas do feliz Iêmen, seguiu pelo deserto até Bagdá. Viveu por três anos na cidade das mil e uma noites, quando se apaixonou por um homem. Ele estava apenas de passagem por Bagdá, pois trabalhava como maquinista de locomotiva na ferrovia de Hejaz, que partia da Jordânia até Meca e Medina. Leila o considerou um presente dos céus. Partiu com seu amado e, quando queria, descia, contava e ouvia histórias nas cidades, nos vilarejos e nos acampamentos de beduínos circundantes, até seu amado voltar. Por anos durou sua felicidade de fábula.

"Ficou grávida, mas Leila era como as gazelas que, pouco antes das dores, ainda pulam para lá e para cá cheias de energia. Seu amado ficou feliz com a gravidez e ainda mais com a promoção: foi nomeado chefe da estação de trem. Quando informou à esposa, com muita alegria, que a partir daquele momento não precisaria mais viajar, ela chorou. Naquela mesma noite, Leila fugiu para Damasco, onde nasceu sua filha. Ela lhe deu o nome de Fatmeh. Se um príncipe, um reino e um amor não conseguiram fazer sossegar essa maravilhosa contadora de histórias, o amor à sua filha a obrigou a ganhar o pão em Damasco por dezoito anos como parteira. Num dia triste, ela foi até sua filha..."

Fatmeh fez uma pausa, limpou uma lágrima e assoou o nariz em seu grande lenço, e continuou:

– Ela disse que não poderia mais ficar e que há anos sonhava em contar histórias em cidades e vilarejos estrangeiros. Sua filha foi estúpida. Via apenas a mãe, e não uma contadora de histórias encantadora em Leila. "Você já está velha. Fique aí, Ali e eu cuidaremos de você!", implorou a filha. "Velha?", gritou Leila e riu. "Os bons contadores de história são como o bom vinho, quanto mais velhos, melhores ficam!" E partiu com suas milhares e milhares de histórias.

– Uma história como essas eu nunca ouvi na vida! – gritou Salim com sua voz profunda, ergueu-se e beijou Fatmeh novamente na testa.

Lá fora, trovejava sobre os telhados da cidade antiga.

No quarto, por um momento reinou o silêncio, então os senhores gritaram. Cantaram tão desafinado e alto que logo também o pintassilgo acordou e começou a pular na gaiola e pipilar de forma estridente e estranha. O barulho no pequeno cômodo foi tão alto que os vizinhos na casa ao lado e nas outras casas da rua acordaram e correram de camisolão até o quarto do velho cocheiro.

14

Por que fui ao chão por conta de Salim e uma andorinha pôde voltar a voar.

Trinta anos se passaram, mas hoje eu ainda sei bem que ninguém na nossa rua teve certeza naquela época se o velho cocheiro de fato ficou mudo por três meses ou apenas enganou seus amigos. Salim era meu amigo. Contava tudo para mim. Até os pensamentos que teve naquela época ele me confiou. Eu ouvi sua história do eco. Também fiquei muito orgulhoso que apenas para mim ele revelou sua descoberta única de que se pode sentir o gosto das vozes com os ouvidos, mas, quando lhe perguntava se realmente havia ficado mudo ou se apenas fingia, sempre dava um sorriso astuto.

Um dia, em março de 1963, estávamos à toa na viela. Desde o golpe, em 8 de março, a escola estava fechada. A primavera parecia ter pressa naquele ano. Seu calor nos levou para a rua, mas uma jovem vizinha havia morrido no dia anterior. Por respeito ao luto dos seus parentes, não podíamos jogar bola, nem fazer música ou brincar e fazer muito barulho. Em algum momento, a conversa chegou até Salim. Um jovem da vizinhança contou como um gaiato que sabia exatamente que o velho cocheiro tinha levado seus sete amigos e os vizinhos no bico. O velho cocheiro havia lhe confiado isso por amizade.

Uma raiva quente me tomou. Hoje sei que, no início, acreditei no blefe dele. Senti-me traído por Salim, pois ele não havia me contado aquilo. Seja como for, de repente esse suposto amigo do velho cocheiro gritou:

– E eu digo a vocês que esse Salim é um mentiroso miserável.

Aquele menino era um armário. Eu, ao contrário, era muito magro naquela época, mas nunca me deixava impressionar.

– Ouça aqui, seu asno – eu gritei –, por respeito à alma da vizinha falecida eu não vou espancá-lo aqui, mas, se sua coragem é tão grande como sua boca, então tenha a bondade de ir comigo até o campo aqui perto.

O colosso teve a bondade e os meninos festejaram essa agitação. Quietos, saímos da viela.

Quando chegamos ao campo, minha raiva estava um pouco abafada e a razão, a mãe do medo, tinha ficado um pouco mais alerta. O menino estava em pé, pernas abertas e braços cruzados na minha frente: uma montanha de carne com sorriso irônico.

– Talvez você tenha soltado aquela frase sem querer. Acontece com todos nós uma vez o outra – falei para o menino, sem baixar o rosto, para evitar uma briga já perdida para mim desde o início.

– Sem querer? – ele gritou. – Salim não é só um mentiroso miserável, mas sessenta vezes um filho da puta.

Então, dei-lhe um safanão com toda a minha força. O colosso cambaleou um passo para trás e olhou para mim por um momento, confuso, mas então veio como um rolo compressor em minha direção e me atropelou sem esforço. Apesar

disso, eu me recompus depois que os garotos nos separaram, e repeti, raivoso, com o nariz sangrando:
— Entendeu? Toda vez que você xingar o Salim, dou-lhe um safanão.

Deve ter sido tão cômico que o colosso rolou no chão de rir e, depois disso, quis me abraçar.

Porém, eu fui irritado para casa e no meu coração amaldiçoei Salim, que me havia causado aqueles inchaços desagradáveis no nariz e nos olhos.

Em algum momento à tarde, a vizinha Afifa sussurrou ao velho cocheiro algo sobre a briga. A língua dela era famosa. Sempre contavam a piada de que até mesmo os radialistas começavam a tremer quando ela falava durante o noticiário.

Salim veio correndo até nós e quis saber o motivo.
— O motivo? — eu gritei para ele. — Há três anos eu pergunto se você ficou mudo de verdade ou não. Eu sou seu amigo ou não?

Ele riu.
— Sou seu melhor amigo, mesmo que tenha sido imprudente e partido para cima do colosso.
— Eu quero saber. Não consegui dormir bem por três meses. Você não sabe o quanto eu me preocupei com você naquele tempo. Todo dia eu esperava que você falasse. Agora, fale!
— Você está muito errado. Eu senti toda a sua preocupação bem fundo no meu coração — ele retrucou, riu divertido, acarinhou meus cabelos e disse: — Agora você não precisa mais se preocupar; eu já estou curado!

De repente, uma criança gritou no pátio:
— Tio Salim! Tio Salim! Onde você está? Uma andorinha caiu do ninho! Tio Salim!

O velho cocheiro olhou através da soleira da porta do meu quarto no segundo andar para o pátio. Um bando de crianças estava em torno de um jovem estranho, de uns doze anos. As crianças olhavam para Salim com olhos suplicantes.

– Esse menino vem da rua Ananias – gritou Abdu, filho de Afifa. – Estamos em guerra com eles, mas o deixamos vir até você porque uma andorinha foi encontrada no chão – completou o mexeriqueiro, dando um tapinha no garoto inseguro enquanto passava.

– Sim, eu a encontrei hoje de manhã ao lado dos vasos de flores. Ela caiu do ninho. Não consegue voar e não quer comer nada. Catei três moscas para ela, mas ela nem encostou – falou o menino, com voz baixa e triste.

– Suba com a andorinha, meu rapaz, mas todos os outros ficam aqui no pátio, observando – ele disse às crianças. Porém, Abdu quis subir despercebido. – Todos, eu falei! – gritou o velho cocheiro, e o falastrão ficou ao pé da escada, olhando com inveja o menino com a andorinha.

Salim envolveu o pássaro com suas mãos grandes e subiu para o terraço. Segurei o jovem tímido pelo braço e segui o cocheiro.

– Céu! Eu te devolvo a andorinha! – gritou o cocheiro e girou a mão bem devagar em círculos. As crianças estavam no pátio nas pontas dos pés e esticaram o pescoço para o alto a fim de acompanhar a cerimônia.

– Céu! Eu te devolvo a andorinha! – gritou o cocheiro uma segunda vez com voz ainda mais alta, e girou a andorinha devagar em círculos. Então, fechou os olhos, sussurrou algo para a andorinha, beijou-a e ficou quieto por um momento.

– Céu! Eu te devolvo a andorinha! – gritou ele e lançou o pás-

saro para o alto, e ela pairou, piou alto e sobrevoou a nossa casa em círculo, como se quisesse se despedir. Então, partiu para longe.
  Salim olhou para o menino de fora.
  – Você é um bom rapaz. Não tenha medo! Ninguém vai encostar em você – ele falou e virou-se para Abdu no pátio, que andava para lá e para cá como um tigre na jaula.
  – Quem tocar no menino será meu inimigo. Abdu, você vai levá-lo até a rua principal, e, se um fio de cabelo dele ficar desarrumado, não contarei mais nada a você. Dou minha palavra!
  – Vou protegê-lo como a meus próprios olhos. Palavra de honra! – exagerou o mexeriqueiro, mas estava bom para o cocheiro.
  – Apresse-se, meu pequeno – ele falou para o menino enquanto Abdu gritava aos pequenos rufiões que o rapaz estava sob sua proteção pessoal.
  O velho cocheiro fitou meu olho inchado e meu nariz gordo e riu.
  – Você não deve se meter com garotos mais fortes, do contrário nunca vai virar um contador de histórias. Precisa vencer com a sua língua. Conhece a história da mulherzinha que foi parar na mão de um gigante e o enganou com suas histórias?
  – Você está falando da Sheherazade?
  – Que nada. Esta é uma história que ninguém conhece além de mim. Mas, como você é meu amigo, vou dá-la de presente. Encontrei a mulher pouco depois da sua fuga, e ela contou-me sua história estranha e não menos assustadora. Ah, eu fico arrepiado só de pensar nela. Você nem vai acreditar. Quer ouvir mesmo assim?

– Sim – eu respondi, cheio de curiosidade.
– Então faça um chá e venha comigo. Eu espero.

Quando desci com o chá, ele já havia preparado o narguilé. Sentei-me ao lado dele e ouvi por duas horas o primeiro dos doze capítulos de uma história incrivelmente fascinante, que ele me contou nos dias seguintes. Mas a história é muito, muito longa e não cabe no final de um livro, por isso eu a conto a vocês uma outra vez.

**INFORMAÇÕES SOBRE NOSSAS PUBLICAÇÕES
E ÚLTIMOS LANÇAMENTOS**

Cadastre-se no site:

www.novoseculo.com.br

e receba mensalmente nosso boletim eletrônico.

novo século®